D1722102

Friedrich Wilhelm IV.
Die Königin von Borneo

Friedrich Wilhelm IV.

Die Königin von Borneo

Ein Roman

Herausgegeben von Frank-Lothar Kroll

MONUMENTA BRANDENBURGICA

Nicolai

Gedruckt mit Unterstützung der
Stiftung Preußische Seehandlung, Berlin

© 1997 Nicolaische Verlagsbuchhandlung Beuermann GmbH, Berlin
Umschlag: Karl Friedrich Schinkel, Nurmahal, Palast im Kaschmir-Tal, Gouache,1822
Foto: Reinhard Saczewski, SMPK, Kupferstichkabinett
Satz und Repro: LVD GmbH, Berlin
Druck: Clausen & Bosse, Leck
Printed in Germany
ISBN 3-87584-638-9

Inhalt

*Meinen Freunden
Dr. Uwe Frank Ender und Dr. Manfred Nebelin
in alter Verbundenheit*

Vorwort

Friedrich Wilhelms IV. Romanfragment »Die Königin von Borneo« ist der historischen Forschung seit den späten 1930er Jahren bekannt. Ernst Lewalter hatte 1938 in einer vor allem der Jugendentwicklung Friedrich Wilhelms gewidmeten Biographie als erster die Aufmerksamkeit auf den frühen schriftstellerischen Versuch des preußischen Thronfolgers gelenkt und damals auch eine ausführliche Beschreibung seines Inhalts gegeben. Erstaunlicherweise ist es jedoch niemals zu einer Veröffentlichung des Quellentextes gekommen, obgleich zahlreiche andere, oft weniger aussagekräftige Dokumente aus der Feder Friedrich Wilhelms IV. inzwischen publiziert worden sind. Zweifellos verdient das Romanfragment nicht wegen seiner poetischen Qualitäten Beachtung, und wer in ihm ein dichterisch hochwertiges Produkt der literarischen Romantik vermutet, den wird die Lektüre der »Königin von Borneo« enttäuschen. Aber als genuines Zeugnis der jugendlichen Gemütsverfassung des Kronprinzen, als authentisches Dokument der Lebensgeschichte des »Romantikers auf dem Thron« darf das kleine Werk schon eine gewisse Beachtung für sich beanspruchen. Es wird hier – gleichsam in einer Art Nachlese zum 200. Geburtstag Friedrich Wilhelms IV. – erstmals der historisch interessierten Öffentlichkeit vorgelegt.

Der Herausgeber dankt der Generaldirektion des Geheimen Staatsarchivs Preußischer Kulturbesitz – namentlich Herrn Dr. Werner Vogel – für die Erlaubnis zur Publikation des Textes, der

Generaldirektion der Stiftung Preußische Schlösser und Gärten Berlin-Brandenburg – namentlich Herrn Prof. Dr. Hans Joachim Giersberg – für die Erlaubnis zur Veröffentlichung der Illustrationen, sowie dem Landesheimatbund Brandenburg e.V. – namentlich Herrn Dr. Gerd-H. Zuchold – für die Bereitschaft zur Drucklegung des Büchleins.

Frank-Lothar Kroll

Dagmar von Gersdorff

Von Berlin bis Borneo

Der Kronprinz von Preußen schreibt einen Roman! Er siedelt ihn, schon damals von der Liebe zu exotischer Romantik erfüllt, auf der Insel Borneo an; von Sanssouci, wo der Roman entsteht, unendlich weit entfernt. Aber nicht nur das: Er selbst, Friedrich Wilhelm IV. in höchsteigener Gestalt, ist der Held seines Romans. »Mir kam die Sache ganz toll vor!« ruft er, von den andrängenden Begebenheiten offenbar selber überrascht, erstaunt aus. Mit jugendlichem Feuer beschwört er die Echtheit seiner Abenteuer, denen er durch eine spürbare, persönliche Anteilnahme, humorvolle Sprache, literarische Vielfalt und eine Fülle exotischer Erfindungen Glanz verleiht.

Der Kronprinz ist zwanzig Jahre alt, als er in Sanssouci bei Potsdam seine Geschichte beginnt, die ihn ein Jahr lang beschäftigen wird, und es gelingt ihm auf staunenswerte Weise, sie mit prallem Leben zu füllen, bevor der Roman, auf dem Höhepunkt leidenschaftlicher Liebe angelangt, jäh enden muß: weiter als bis zu diesem alles entscheidenden Lebens- und Liebeskonflikt kann ein kronprinzlicher Roman kaum gehen!

Wie kam es zu der Geschichte? Wie konnte ein derart persönliches Werk entstehen? Friedrich Wilhelm, der spätere König von Preußen, war neunzehn Jahre alt, als er am 31. März 1814 im eroberten Paris einzog. Mit glänzenden militärischen Paraden, mit Festen, wie man sie nur in der französischen Metro-

pole zu arrangieren verstand, wurde der Sieg über Napoleon gefeiert. Die Empfänge, Theater- und Opernaufführungen über-
trafen alles, was der preußische Prinz bisher erlebt hatte. Hier
nimmt der fürstliche Helden-, Liebes- und Abenteuerroman
seinen Anfang: »Beym Einzug in Paris, Anno 1814, hebt die Geschichte an …«

Vieles spricht dafür, daß Friedrich Wilhelm nicht nur im
Theater Eindrücke gewann, die ihm aus Berlin unbekannt
waren, sondern auch zum erstenmal einer Frau begegnete, die
seine Bewunderung erregte und Gefühle in ihm wach rief, wie
er sie bisher nicht gekannt hatte. »Dieser Augenblick entzündete meine Seele wohl für diese ganze Zeitlichkeit«, heißt es in
seinem Roman. »Mir wurde's mit jedem Moment deutlicher,
ich sey entsetzlich verliebt.« So spricht nur jemand, dem die
Erfahrungen des Herzens nicht fremd sind.

Die Unbekannte, die er als »die schönste Frau des Erdkreises« schier »unaussprechlich« zu lieben beginnt, erhält im Roman die Gestalt der Königin von Borneo. Mit schwarzen Augen,
seidig dunklem Haar, anmutigen Bewegungen und einer wohl-
tönenden Stimme vermag sie den Erzähler zu verwirren und zu
betören: In ihren Augen spiegelt sich »der Abglanz beyder Welten«. In Paris, behauptet der Erzähler, zeigte ihm eine Fremde
»ihr Bild«, die Unbekannte ließ ihn rufen, bat um Hilfe in einer
Angelegenheit des Glaubens, die ihr ganzes Volk betraf, und
weder die ungünstige Zeit noch die große Entfernung können
den Prinzen daran hindern, ihrem Wunsch auf der Stelle nach-
zukommen. Sein eigener Adjutant, Hans Philipp August von
Luck (1775–1859), hält ihm zum Flug auf dem riesigen Vogel
Roc die Steigbügel – hier werden dichterische und authentische

Einzelheiten gemischt. Wie der Abenteurer auf die Insel Borneo gelangt, ist sein eigener phantastischer Einfall und für einen preußischen Prinzen, der sich befehlsgemäß mit dem königlichen Vater Friedrich Wilhelm III., Zar Alexander I. und der siegreichen preußischen Armee an der Einnahme von Paris beteiligt, eigentlich eine Sensation.

Friedrich Wilhelm, ältester Sohn des Königs von Preußen und der Königin Luise, geboren am 15. Oktober 1795, beginnt seinen Roman im September 1816 während des Herbstaufenthaltes in Sanssouci. Das Schloß, das sich Friedrich der Große errichten ließ, und die idyllischen Gartenanlagen mit dem goldglänzenden chinesischen Pavillon, der Orangerie, den Palmen und Oleanderbüschen, mit Terrassenhängen, an denen der Wein reift – sie haben ihre Wirkung auf die Phantasie des Erzählers nicht verfehlt. Manches arkadische Element von Sanssouci findet sich in der Geschichte erkennbar wieder.

Das Liebeserlebnis in seiner exotisch verfremdeten Form gibt dem an Bau- und Gartenkunst leidenschaftlich interessierten Prinzen überdies Gelegenheit zu zahlreichen, bis ins Detail beschriebenen Palästen und Moscheen, Säulengängen und Pagoden, zu Feuerwerk und Wasserspiel. Da erhebt sich das Schloß von Borneo mit gestaffelten Terrassen und Springbrunnen aus Porphyr, als habe Schinkel es gezeichnet. Da finden sich Gärten mit Marmorbecken und seltenen Pflanzen, da liegt die königliche Flotte an dem »mit Pallästen und Gärten besetzten Ufer« – vor unseren Augen entsteht ein orientalisches Arkadien, in dem nichts zur Glückseligkeit fehlt bis auf den rechten Glauben, den Prinz Feridoun, wie der Ich-Erzähler sich nennt, dem Land persönlich bringen wird.

Prinzessin Charlotte, Russische Großfürstin

Seine Geschichte, erklärt Friedrich Wilhelm in direkter Ansprache an seine Lieblingsschwester, die achtzehnjährige Charlotte (1798–1860), schreibe er allein für sie, seine einzige Vertraute, um sich »das Herz zu erleichtern«. Was ihn vom September 1816 bis zum Juni 1817 beschäftigte, sei keine bloße Erfindung, kein phantasiertes Märchen, schwört er, sondern ein Stück seines eigenen Lebens.

Charlotte wird ihn verstehen. Sie ist selber seit einem Jahr verlobt mit Großfürst Nikolaus von Rußland (1796–1855), einem jüngeren Bruder des mit dem preußischen König eng befreundeten Alexander I., und wird in wenigen Jahren Zarin eines fremden Reiches sein – ist nicht auch sie Teil der Erzählung, vielleicht ein Vorbild zur Königin von Borneo selbst? Charlottes Weggang nach Rußland – wo sie zum russisch-orthodoxen Glauben übertreten und einen fremden Namen – Alexandra Feodorowna – annehmen muß, beschäftigt den Bruder unablässig, und er verleiht dem König von Borneo, der mit seiner schönen Tochter *Satischeh-Cara* und seinem Volk zum christlichen Glauben übertreten will, den Namen *Rußang Gehun* – eine der vielen Anspielungen, an denen die Erzählung reich ist.

Kann er die Schwester überzeugen? Tatsächlich enthält die Geschichte autobiographische Einzelheiten von nachprüfbarer Wahrheit und authentischem Wert. Friedrich Wilhelm skizziert das Palais, in dem er von der geheimnisvollen Fremden besucht wird, erwähnt die Oper und die Schauspieler der Comédie Française – es ist Paris, wie er es sah, als er dort Einzug hielt, zusammen mit dem jüngeren Bruder Wilhelm (1797–1888), der

1861 sein Nachfolger und als Wilhelm I. 1871 Deutscher Kaiser wird. Auch den damals anwesenden Erzieher vergißt er nicht: Johann Peter Friedrich Ancillon (1767–1837), Theologe und Historiker, dessen Rat er bei dieser delikaten Angelegenheit nötig hat, ohne doch zuviel von seinen Gefühlen preiszugeben – das Schüler-Lehrer-Verhältnis blickt verdeckt durch die Zeilen.

Die kluge Charlotte wird begreifen, daß er seinen Bericht unverzüglich mit dem Wichtigsten einleitet. »So wie du mich siehst«, beginnt Friedrich Wilhelm, »bin ich oder könnte ich seyn der Glücklichste der Sterblichen, vom schönsten Weib des Erdkreises geliebt, vielleicht bald ihr Gemahl!«

Das ist allerdings eine Neuigkeit, die Charlotte überraschen muß, weshalb er mahnt, »denke Dich ein bißchen in meine Lage hinein«. Seine Lage aber war die eines zukünftigen regierenden Königs. Bereits jetzt, im Jahre 1816, rankten sich verschiedene Heiratsprojekte und -gerüchte um seine Person; die europäischen Fürstenhäuser zeigten sich an einer Verbindung interessiert, von einer englischen Prinzessin – Friedrich Wilhelm besuchte 1814 mit seinem Vater die Verwandten in Großbritannien – ist die Rede.

Kronprinz Friedrich Wilhelm von Preußen

Nach Meinung von Caroline de la Motte-Fouqué, Verfasserin eleganter, bei Hof geschätzter Unterhaltungsromane, war ganz Berlin in Friedrich Wilhelm verliebt. Der zwanzigjährige preußische Thronanwärter stellte das Bild eines gutaussehenden jungen Mannes dar. Blond wie seine Mutter, mit leuchtend blauen

Augen in einem runden, rotwangigen Gesicht, galt er als exzellenter Tänzer und blendender Unterhalter. Im Gegensatz zu seinem Vater, dem wortkargen, zurückhaltenden Friedrich Wilhelm III., war er witzig und einfallsreich, humorvoll und schlagfertig.

»Wie man sagt, gleicht er seiner verklärten Mutter«, schreibt die Gräfin Bernstorff in ihren Tagebüchern. Seiner Mutter war er nicht nur ähnlich, er hatte auch, solange sie lebte, ein besonders vertrautes Verhältnis zu ihr. Keine sei »so schön«, sagte der Sohn und versicherte seinem Lehrer, er habe sie »lange geküßt«. Friedrich Wilhelms Vorstellung von idealer Weiblichkeit fand über Jahre in ihrer Persönlichkeit das Vorbild.

»Mein lieber Fritz!« schrieb Königin Luise 1809 an ihren vierzehnjährigen Sohn aus dem Königsberger Exil. »Ich bin überzeugt, daß Du meinen Lehren gewiß eingedenk geblieben bist …« Sie befürchtet, daß er seine Pflichten nicht erfüllt und nicht gehorcht. Ihr Ältester gilt als unbeherrschter Feuerkopf, der sich nicht zügeln läßt. Trotzdem präsentiert sie ihn ihrer alten Erzieherin Gélieu mit Mutterstolz: »besonders mein ältester Sohn erweckt große Hoffnungen in allem, was einem jungen Menschen notwendig ist. Sehr lebhaft, unendlich einfallsreich und trotzdem fleißig; alle finden ihn für sein Alter sehr weit vorgeschritten. Nur Weltgewandtheit fehlt ihm noch sehr.«

Weltgewandtheit kann man Friedrich Wilhelm bald nicht mehr absprechen, aber die übrigen Eigenschaften – leicht zerstreut, übermäßig lebhaft und zu emotionalen Ausbrüchen neigend – bereiten Sorgen, und Luise weist den Fünfzehnjährigen mit Worten zurecht, die den Kern seines Wesens treffen. »Die Kraft, Deinen Leidenschaften zu widerstehen fehlt Dir ganz … Höre meine mütterliche Stimme, mein lieber Fritz; bedenke das wohl, was ich Dir zärtlich so oft wiederhole; zähme das jugendliche Feuer, mit dem Du alles, was Du möchtest, haben willst, und für alles, was Du Dir denkst, gleich die Mittel zur Verwirklichung verlangst.« (April 1810)

Es war der letzte Brief an ihren Fritz; wenige Monate später, im Juli 1810 stirbt die Mutter von sieben Kindern an einer Lungenentzündung. Im großväterlichen Schloß von Hohenzieritz erlebte Friedrich Wilhelm die Erstickungsanfälle und den Tod der erst vierunddreißigjährigen Königin mit. Der Fünfzehnjährige weinte, als sie starb. Ihre besonderen Redewendungen blieben ihm im Gedächtnis und finden sich in unserer Geschichte wieder: »Ich glühte wie eine Kohle!« ruft er, »ich war dem Überschnappen nah«, »ich war wie toll und verrückt« – so pflegte sich seine Mutter in aufregenden Momenten auszudrücken.

Das einschneidende Erlebnis seiner Kindheit waren die Katastrophe der preußischen Niederlage in der Doppelschlacht von Jena und Auerstedt 1806, der Einmarsch Napoleons und die Flucht der Familie nach Ostpreußen. »Unter traurigeren Umständen hast Du noch keinen Geburtstag gefeiert«, schrieb ihm die Mutter zum zwölften Geburtstag im Oktober 1807, »Preußens Größe ist dahin …« Von dem Tage an da die Politik in das friedliche Leben des Zehnjährigen einbrach, haßte er die Revolution; die Befreiungskriege galten ihm als »Kreuzzug« gegen Napoleon, die Rückkehr der Quadriga auf das Brandenburger Tor war der größte Triumph. Sein Sohn sei »in den Stürmen der Welt kein Neuling«, bemerkte der König zu Charlotte.

Die Persönlichkeit des Einundzwanzigjährigen unterschied sich immer auffallender von der seines trocken-realistischen Vaters. Der Kronprinz besaß reiche und vielseitige künstlerische

Begabungen, war schöpferisch produktiv, zeichnete und malte, und sein Interesse galt weit weniger politischen oder militärischen Angelegenheiten als vielmehr der Baukunst, die ihm durch Preußens größten Architekten, Karl Friedrich Schinkel (1781 bis 1841) vermittelt wurde. Vorliebe für romantische und fernöstliche Literatur und Poesie sowie eine wahre Leidenschaft für Architektur zeichneten ihn aus, überdies patriotischer Enthusiasmus, der Glaube an ein Gottesgnadentum, Abscheu vor der Revolution und die Sehnsucht, den Geist des frühen Christentums wieder zu beleben – Eigenschaften, deren einzelne Aspekte sich ohne Ausnahme in unserer Erzählung wiederfinden.

Indien kommt nach Preußen

Von früh an besaß Friedrich Wilhelm ein ungewöhnlich reges Interesse für Literatur und Poesie. Er las nicht nur die im Unterricht vorgeschriebenen Werke der Antike, Homers »Ilias« und »Odyssee«, Plinius und Cäsar, nicht nur Dante und Shakespeare, ihn fesselten auch die historischen und architektonischen Werke aus der Bibliothek Friedrichs des Großen in Sanssouci.

Als Zehnjähriger hatte er 1805, zum 29. Geburtstag seiner Mutter, bei einem Kostümfest mitspielen dürfen: Alexander der Große feiert nach der Heimkehr aus Indien seine Hochzeit mit der Tochter des Darius. Dabei sah das Kind seine Mutter »an Schönheit, Gestalt und Schmuck Alles um sich her überragend und verdunkelnd«; das Ereignis machte einen unauslöschlichen Eindruck auf ihn. Mythen, Sagen und Reiseberichte führten den Heranwachsenden aus der Realität von Krieg und Exil in eine Welt, die fern im Orient lag, und er war von Tiecks »Abdallah« ebenso verzaubert wie von »Tausend und einer Nacht«. »Arabische und Indische Gedanken und Orangenduft aus 1.001 Nacht … wären mir wahrhaftig lieber!« rief er 1815, als wieder einen Feldzug zu führen.

Die Sehnsucht nach der Welt des Orients vermochte ihn dazu, bei Wilhelm von Humboldt, dem Sprachgelehrten und Gründer der Berliner Universität, Sanskrit zu lernen, und er brachte es darin so weit, daß er das berühmte Drama des indischen Dichters Kalidasa, die in der Erzählung mehrfach erwähnte »Sakontala«, wie andere »morgenländische« Werke im Original lesen konnte. Bis heute sind zahlreiche Blätter mit Schriftübungen in Sanskrit und viele Skizzen seiner »morgenländischen« Architektur vorhanden.

Ein Jahr, nachdem Friedrich Wilhelm die Geschichte von »Prinz Feridoun mit der Königin von Borneo« geschrieben hatte, versetzte ihn 1817 das indische Märchen »Lalla Rookh« des Engländers Thomas Moore in einen Taumel der Begeisterung. Er schlief mit dem Buch unter dem Kopfkissen und sorgte dafür, daß es zu Ehren seiner geliebten Schwester, der russischen Großfürstin Charlotte, bei ihrem Berlinbesuch im Jahre 1821 vor viertausend Zuschauern mit Schinkels Bühnenbildern und Spontinis Musik aufgeführt wurde.

Fortan unterzeichnete er seine phantastischen Architekturskizzen mit dem Namen *Federico Siamese*. Das Traumreich, das er für seine Schwester ersann, nannte er *Borneo – Siam* wurde der Name für sein eigenes Arkadien. Als Schinkel ihm im Park von Sanssouci das Schlößchen Charlottenhof erbaut hatte, nannte er es sein *Siam* – der Ort, an dem er frei und glücklich war.

Glaube, Liebe und Heirat

Aus einem wichtigen Grund unternimmt der Held der Erzählung seine gefährliche, vier Tage und vier Nächte dauernde Flugreise zur fernen Insel. Es geht nicht nur um die schöne Königin – ihm ist es um die Bekehrung eines ganzen Volkes zu tun. Der Gedanke eines »Kreuzzugs«, der den Kronprinzen im Krieg gegen Napoleon beherrscht hatte, wird im dramatischen Kampf des Guten gegen das Böse – auf *Borneo* der Christen gegen die Heiden – noch einmal geführt.

Die Idee vom wahren Christentum steht in engem Zusammenhang mit Friedrich Wilhelms Begeisterung für das religiöse und ritterliche Mittelalter, das ihm zuerst durch den Dichter des »Sigurd«, Friedrich de la Motte-Fouqué (1777–1843), nahegebracht worden war. Fouqué, der stets »von Religion, Ritterthum und Minne« schrieb (wie Caspar David Friedrich bemerkte), war seit dem »Zauberring« 1812 Friedrich Wilhelms bevorzugter Schriftsteller. Zwei Bücher trug der Achtzehnjährige in den Befreiungskriegen 1813/14 im Gepäck: Das »Nibelungenlied« und Fouqués »Held des Nordens«.

Friedrich Wilhelm entwickelte sich zum Bewunderer mittelalterlicher Kunst und Architektur, ihm lag die Erhaltung gotischer Kirchen, Dome und Burgen am Herzen, durch ihn wurde Stolzenfels am Rhein restauriert, der Kölner Dom vollendet. Als »erweckter« Christ und überzeugt von der göttlichen Legitimierung seines königlichen Amtes war er bemüht, Staat und Gesellschaft auf christlich-deutscher Grundlage umzubilden. Sein religiöses Bestreben gipfelte in dem Wunsch, den Geist des frühen Christentums in der Gegenwart neu zu beleben, und man sieht mit Erstaunen, daß schon die mit missionarischem Eifer geschilderten Szenen auf der Insel *Borneo* – im morgenländisch-literarischen Gewande – von diesen Idealen erfüllt sind.

Als er die Erzählung verfaßte, in der es so nachdrücklich um fromme Bekehrung und wahren Glauben geht, konnte er nicht ahnen, daß er sich zwei Jahre später in eine junge Frau verlieben würde, die ihrerseits – wenn sie ihn zum Mann nehmen und Königin von Preußen werden wollte – einen Konfessionswechsel vornehmen mußte.

»Katholisch will ich keine«, hatte der Kronprinz gesagt, bevor er im Jahre 1819 die siebzehnjährige Elisabeth kennenlernte, Tochter des Königs Max Joseph von Bayern, in die er sich auf der Stelle verliebte. Sie habe »ein liebliches, eirundes, anmutiges Antlitz, Augen so klar wie der Neapolitanische Himmel, schwarze Braunen, dunkles Haar«, schrieb er an Ancillon – aber sie sei katholisch.

Der Konfessionsunterschied bildete ein unüberwindliches Hindernis, zumal Prinzessin Elisabeth (1801–1873) ihrer Zwillingsschwester Amalie gegenüber äußerte, sie werde »um irdischen Glückes willen« ihren Glauben nicht aufgeben. König Friedrich Wilhelm III. verweigerte seine Zustimmung zur Heirat des preußischen Thronfolgers mit einer Katholikin, wie er auch die Verbindung seines zweiten Sohnes Wilhelm mit der bezaubernden Prinzessin Elisa Radziwill aus dynastischen Gründen verhinderte.

Erst nach vier zermürbenden Jahren – ein anderer Anwärter um die Hand der bayerischen Prinzessin war auf den Plan getreten – konnte durch Elisabeths Versicherung, nur den Kronprinzen zu lieben und sich dem evangelischen Glauben auf Dauer nicht zu verschließen, die Hochzeit im September 1823 vollzogen werden.

Friedrich Wilhelm, der die tiefe Gläubigkeit seiner Gemahlin respektierte und ihr ernstes sanftes Wesen liebte, wurde ein Jahr vor der Eheschließung von Elise Bernstorff, der Frau des dänischen Gesandten, so charakterisiert, wie er auch als Held in seiner Erzählung erscheint: liebenswürdig und geistvoll, niemals anmaßend oder arrogant. Seine Gesichtszüge, schreibt sie, »tragen den Abglanz eines hochgestimmten Herzens sowie eines kräftigen und durchdringenden Geistes und einer alles überstrahlenden Seelengüte«.

Die Ehe Friedrich Wilhelms IV., der an Elisabeth lebenslang einen Halt fand und ihr treu zugetan war, blieb kinderlos. Der König, den man den »Romantiker auf dem Hohenzollernthron« nannte, starb in den ersten Stunden des Jahres 1861 an jenem Ort, an dem er seinen jugendlichen Hoffnungen und »morgenländischen« Träumen zum ersten Mal poetischen Ausdruck verlieh: in Sanssouci.

Friedrich Wilhelm IV.

Die Königin von Borneo

Im göttlichen Sans-Souci

den 1. September 1816

Allertheuerste Charlotte!¹
Du wirst laut schreyen, wenn Du diese Zeilen liesest; aber die
Himmelslüfte dieses göttlichen Ortes überheben mich aller
Sorgen, Dir ein großes Geheimniß zu offenbaren, welches Du,
wie der ganze Hof, als einen Schwank betrachte, nehmlich die
Geschichte von Prinz Feridoun mit der Königinn von Borneo.
So wie Du mich siehst, bin ich, oder könnte ich seyn, der glück-
lichste der Sterblichen, vom schönsten Weib des Erdkreises ge-
liebt, vielleicht bald ihr Gemahl!²

Ich will Dir mein Herz ausschütten. Cousins Offenherzig-
keit gegen Friko³ löst auch mein Herz und Zunge, und so höre
denn die unerhörte Geschichte, und glaube, wenn Du kannst.

I. Die Verwicklung

Beym Einzug in Paris, Anno [18]14, hebt die Geschichte an.⁴
Als wir vor dem Thore des Heiligen Dyonis vorüber zogen,
schrien einige der schreyenden Schreyer, die uns umgaben, meinen Nahmen, welches nicht zu verwundern, da sie sogar den
bösen Geist wenige Minuten drauf leben ließen, nach Lucks⁵
Bericht. Damals bemerkte ich zuerst eine Frau, die im Gedränge
andrer Frauen dicht an den Pferden ging und die preußischen

Prinzen einen nach dem andern scharf ins Auge faßte. Sie war in weißem Leinen gekleidet und trug ein rothen Bund von Shawl um den Kopf. So ist sie mal eine Viertelstunde* neben hergezogen, zuletzt nur mich fixirend, was mir höchlich auffiel.

Am selben Abend noch sah ich sie vor meinem Hause stehend und bemerkte deutlich, daß sie mich ansprechen wollte. Am zweiten Abend, als wir aus der Oper gekommen und vom Souper bey Papa⁶ heimkehrten, näherte sie sich mir wirklich und überreichte mir einen Brief – in ihm bat sie mich in etwas fremdem Deutsch, ihr morgen Gehör zu geben. Sie werde als mit morgenländischen Waren handelnd kommen. Mir kam die Sache sehr verdächtig vor, und ich beschloß, sie gar nicht vor mich zu lassen.

den 3. September

Als ich aber vor Tisch des andern Tages zuhaus komme, steht die Frau im Salon vorn, bey meinen Leuten, und Ziech⁷ empfiehlt mir ihre Waren und meint, es wäre ganz nach meinem Geschmack – und das war es denn auch im höchsten Grade: Korallen, Aloë und Sandelholz, [...]**, tausend indischen Schmuck etc. Endlich sagt sie mir, grade als die Leute es nicht hören konnten, sie bäte einen Augenblick um Gehör; und fügte hinzu: »Meine Absichten sind so rein wie das Antlitz der Sonne«, und (mit sehr bedeutendem Tone) »und [das] meiner schönsten Kö-

---

* Im Original: ¼ h Stunde.
** Ein Wort unleserlich.

मह खे: रा: हेरा: रैं: लाहं: कोप्र: हरव: सिुप: सलस्तंन: मल

2u Königin v. Borneo

Magdalene, Sendbotin des Königshofes von Borneo. Ganzfigur

niginn«. Ich verstand wirklich nicht, was sie sagte. Und um sie, die ich trotz ihres edlen, Zutrauen einflößenden Äußeren für eine Aventurière hielt, aufs Beste loszuwerden, sagte ich ihr, sie möge ihr Anliegen schriftlich anbringen etc.

Denselben Abend, aus dem Theater Feydan [zurück]-kehrend, überreichte sie mir ihr Schreiben, und als [ich] die Treppe hinaufflief, glaubte ich ihre Stimme noch zu vernehmen, die sagte, ich solle eilen zu lesen, und ordentlich lesen, und [die] von der Perle der zwey Indien etc. [sprach].

Soll ich Dir nun noch sagen, theuerste Schwester, wer das ist? Aber ich will's! Nur bitte, verlier' nicht die Geduld und denke Dich ein bißchen in meine Lage hinein. Dann muß Dir's begreiflich seyn, warum ich hiervon keinem, auch nicht Dir, ernstlich gesprochen, ja kaum Papa davon benachrichtigt habe.

Das Schreiben klang so: »Ich bin eine Deutsche, und um dieses Nahmens Willen bitte ich um Glauben für diese Worte. Ich komme vom Hofe des Königes der großen Insel Borneo. Er (der Letzte vom großen Stamme des Puru, der vor dreitausend* Jahren ganz Hindustan beherrschte und der Götter Stamm oder der schöne Stamm geheißen ist), er und sein ganzes Haus und seine schöne einzige Tochter sind im Begriff, die heilige Taufe zu empfangen. Er und seine schöne, geliebte Tochter haben mich, die ich durch den Willen der Vorsehung an ihren Hof gekommen bin, nach Europa gesandt, um ihnen nach meinem Gutdünken aus den Fürstensöhnen des Weltheils einen Pathen zu wählen« etc.

* Im Original: 3en 1000.

26

Mir kam die Sache ganz toll vor, ich meinte aber, sey die Frau verrückt, so sey sie's wenigstens auf keine unheimliche und beißige Weise.

Nach zweyn Tagen fand sie mich wieder zuhaus, und während sie mehrere Körbe voll unzähliger Kleinigkeiten absichtlich zum Zeitgewinn auskramte, ließ ich sie loserzählen. Das geschah in einer Fensterecke meines Cabinets; Ziech und Luck unterhielten sich unterdessen in der andern über nothwendige häusliche Angelegenheiten.

Nun erfuhr ich denn, daß sie Magdalene geheißen, von deutschem Vater und italienischer Mutter, aus der Bayreuther Gegend gebürtig sey, im siebzehnten Jahr (1806) als Waise nach Livorno, ihrer Mutter Stadt schiffend, von den Corsaren von Tripoli genommen worden und nach Suez verkauft worden sey an die Frau eines Armeniers, der nach Jahresfrist, ihre herrlichen Eigenschaften würdigend, in der Absicht, ihr Glück zu machen, mit ihr nach Moka geschifft sey, wo er wußte, daß sich der Kämmerer des Königs Rußang-Gehun von Borneo befand, um für die einzige Tochter, das Wunder von Indien, die damals im neunten Jahre war, eine Gespielin, womöglich aus Europa, zu verschaffen, die genügend sey, spielend und tändelnd, in ernsten Erzählungen und allerley Liedern ihrerseits auf die Bildung der jungen Fürstinn zu wirken.

Nachdem der königliche Kämmerer durch ein Vierteljahr* sie geprüft und beobachtet hatte, wurden am ersten Tag des Maymonds 1808 die dreihundert Sclavinnen, die er zu erproben angeschafft hatte, in Moka verabschiedet, und es wurden Schnell-

---

* Im Original: 4tel Jahr.

segler nach allen Gegenden der persischen, indischen und afrikanischen Küsten ausgesandt, die dreitausend andern, noch zu Erwartenden und Aufbewahrten, ebenso ziehen zu lassen.

Eben wollte sie mir ihre Ankunft zu Borneo und den ersten Anblick der Satischeh-Cara (den theuren Nahmen nannte sie mir noch) beschreiben, als Luck dazutrat und sogleich die Unterredung auf einen Streit um den Preis einer Corallenschnur gedreht wurde. Ich that, als könne ich mich nicht verständigen und befahl ihr, wiederzukommen.

Obgleich sie sich täglich meldete, fand sie mich nie zuhaus, und ich gesteh's: ich, der ich ihr wie dem Evangelium geglaubt hatte, fing nach drei Tagen an, an ihr zu zweifeln.

Ancillon[8] kam nach Paris, und ihm allein erzählte ich die Geschichte, und er überzeugte mich bald, es sey eine Betrügerin. Sie intereßirte mich aber sehr – ihrer lieblichen und scharfsinnigen Dichtung wegen –, und als sie mich des andern Tages einmal wieder traf, ließ ich sie erzählen und hörte ich anfangs mit der Aufmerksamkeit zu, mit der ich Talma und der Mars auf dem Theater wohl zuhörte.

Als sie aber (die mich gläubig glaubte) mit allem Feuer der Wahrheit und Treue die Beschreibung der Satischeh machte, von der göttlichen Schönheit ihres Leibes und ihrer Seele mit Thränen in den Augen sprach, mir manche Züge ihrer himmlischen Güte, ihrer kindlichen Unschuld, ihres hohen aufwärtsstrebenden Geistes erzählte, da entbrannte mein Glaube wieder und ich hörte ihr mit ganz andern Ohren zu. Auch Ancillon, dessen Gegenwart sie nicht gestört hatte, weil ich ihn ihr als meinen theuersten Freund genannt hatte, wurde ganz ernst und aufmerksam. Sie fuhr fort, wie in Begeistrung durch unsre Stimmung versetzt, zu erzählen, wie es ihre hohe Herrin sey, die die einzige und erste Ursach zur Bekehrung des ganzen königlichen Stammes und eines großen Theils des Volks von Borneo sey, indem sie einst, vor vier Jahren, von jugendlicher Wißbegierde getrieben, verlangt habe, die Glaubensgenossen ihrer Lieblings-gespielinn (der Magdalene selbst) kennen zu lernen, die in hartem Druck die ungeheuren Gebirge der Insel mit den Men-schenfressern theilten. Sie erzählte mir, daß sie selbst einst, kurz nach ihrer Ankunft, vom Daseyn, Druck und dem Zustande der wenigen Christen der Gebirge gehört habe, durch einen der hochehrwürdigen Männer, die von Zeit zu Zeit die Berge ver-lassen um das Evangelium zu verkünden und meistens sichrem Tode entgegengehen. Die Nachricht hiervon habe tiefen Ein-druck auf Satischeh gemacht, die noch, wie ihr ganzes Haus (das eigentlich aus dem Hindustan stammt) den Brahmanischen Glauben hatte. Sie habe ihren alten Vater bewogen, auf einem der großen Jagdzüge, die Heereszügen zu vergleichen sind, die Christen in den Bergen aufzusuchen und sie [Satischeh] mitzu-nehmen. Der König, der ihrer nicht abhold war und sich* nur aus alter Gewohnheit von dem Brahman drücken ließ, willigte ein.

Jetzt machte sie mir eine bündige aber ausführliche Erzäh-lung von der großen, deßwegen angestellten Jagd, die durch neun Tage hindurch in die Gebirge hinein fortgesetzt wurde, wie sie lange nicht konnten den wahren Sitz der Gemeinden fin-den und wie sie endlich auf dem wildesten und höchsten Rücken, den nie ein Höfling je betreten hatte, unfern der Schneegrenze,

---

* Im Original: »sie«.

weit über den Wolken, plötzlich aus fernem Thale Glockengeläute vernommen. Drauf – fuhr sie fort – sey man über den
erstarrten Rücken der Berge gezogen und habe nun in ein kleines* aber paradysisches Thal geblickt, von Menschenhand in
einen Ort und einen Garten verwandelt, vom dicksten Urwald
umzäumt. Am Eingang des Waldes habe der König alles Gefolge halten lassen und sey, nach einigem Suchen, mit Satischeh
und ihr und einigen wenigen Getreuen und den andern christlichen Sclavinnen einem Waldpfad nach in's Innre des Thals gedrungen. Es sey grade Sonntag und Juny und Alles in den Kirchen vertheilt gewesen. Dies habe einen unauslöschlichen
Eindruck auf ihn und nahmentlich auf die himmelanstrebende
Seele der jungen Fürstinn gemacht. Sie meinte, eine höhre Kraft
müsse ihn begeistert haben, denn nimmer sey ein König von
Borneo über eine Tagereise in diesem Theil der Gebirge gewesen, welcher an Höhe wohl seinesgleichen nicht fände; auch
sey diese Ausdauer im Aufsuchen verachteter Menschen ihm
ganz unähnlich. Die Gemeinde jenes Thals behaupte, zu der
durch den Apostel Thomas in Indien gestifteten Kirche zu
gehören.[9] Ferner sagte sie, der König habe sich ausgegeben als
ein auf der Jagd Verirrter und sey mit dem Liebeseifer der ersten
Kirche aufgenommen und gepflegt worden. Er übernachtete
mit Satischeh und den Weibern in der Hütte des alten Bischofs
des Thals (die Männer außen, am Ufer des Bachs), nachdem er
den ganzen Tag hindurch umhergestreift war, die Heiligthümer
besichtigt und sich nach dem Beyspiel seiner Tochter äußerst
sittig dabey betragen hatte. Dies gefiel allen denn sehr, die ihn

* Im Original: »kleinste«.

sahen, denn man wußte, daß er ein Heyde war. Satischehs Anstand aber entzückte und begeisterte alle, und viele sollen sich ihr genähert haben, schreyend: »Erkenne Dein Heyl, Du Holdseelige, so wirst Du ein Engel in dieser Zeitlichkeit schon seyn«, und dergleichen.

Ein junges Mädchen trat aus eignem Antrieb zu ihr, küßte sie und schenkte ihr ein kleines Marienbild mit dem Kinde.

Sie war tief gerührt von allem was sie hörte und sah, und als beym Sonnenuntergang der Bischof mit seinem Hause und Vielen des Fleckens das Abendgebet unter den großen Palmen hielt, kniete sie nieder mit der frommen Menge.

Am Morgen, früh, als der König um einen Boten bat, ihn den nächsten Weg zu führen, kam der Bischof selbst nach dem Morgengebet und führte sie einen nähren und bessern Weg. Wie erstaunt war er, als beym Austreten aus dem dicken Wald er das Lager der Begleitung erblickte und sah, daß alles das Knie vor dem beugte den er führte.

Der König füllte sein Herz mit Freude als er, sich vor allen zu erkennen gebend, ihn und alle die Seinigen seines Schutzes versicherte und sie selbst einlud, sich auch in den Ebenen gegen Borneo hin auszubreiten.

Nun erzählte Magdalene im Kurzen, daß die Christen in dreyen Jahren, den größten Einfluß bekommen, und daß schon wenige Monde nach dieser Geschichte Satischeh verlangt habe, ordentlich unterrichtet zu werden, daß auch der alte König (nachdem er den Gemeinden dieselben Rechte wie* seinen andern Unterthanen gegeben und ihnen gleich zu Anfang erlaubt

---

* Im Original: »mit«.

habe, eine prächtige Taufcapelle unweit des Pallastes zu bauen) selbst der heiligen Lehre mit vielem Ernst das Ohr geliehen.

»Jetzt« – sagte mir Magdalene – »sind es vier Monde, daß meine Fürstinn die Taufe begehrte; sie hatte sich, um diese Forderung zu thun, schon lange durch viele stille Wohlthaten zubereitet; ja oft war sie, von mir und wenigen ihrer christlichen Freundinnen begleitet, von Geistlichen geleitet (nach dem Exempel der christlichen Frauen, die mit von den Bergen gekommen waren), unerkannt in ihren dicken Schleyern gehüllt, in die Hütten Leidender gegangen, um selbst die Freude des Wohlthuns zu genießen.«

»Nach dieser Erklärung erklärte sich der alte Herr selbst als willig, getauft zu werden, und mit ihm sein ganzes Haus und viele aus dem Volk, deren Zahl jetzt täglich wächst.«

»Da ist denn dem König der Gedanken gekommen, aus mehreren Ländern der Christen Taufzeugen zu bitten, und ich erboth mich sogleich, nach Europa zu reisen und ihm und meiner theuren Herrinn aus den Fürsten Deutschlands einen solchen zu wählen. Der König stimmte ein, auch in den Wunsch, womöglich einen preußischen Prinzen zu wählen. Mit meinen Vollmachten ausgerüstet, verließ ich am Abend des dritten Weihnachtstages den Pallast mit zwei Begleitern, meinem Bräutigam und seinem Bruder.«

Ich antwortete ihr, ich wunderte mich, daß sie so schnell gereist sey, und das schien sie in Verlegenheit zu setzen und setzte auch mich in Verlegenheit.

Ihre Beschreibung von Satischeh-Cara hatte mich sehr gereizt und ich beschloß, sie nächstens recht darüber auszufragen.

श ज ट द ष ष्ट क अ र आ
S A T I S H E C A R A

Satischeh-Cara, Königin von Borneo. Ganzfigur

Ancillon machte mich aber nun auf die Sonderbarkeit der ganzen Geschichte aufmerksam: wie ein König solch großen und mächtigen Reiches durch eine Sclavinn und zwei Bedienten der europäischen Welt seine Bekehrung anzeigen werde, und auf die kurze Reise von zwei Monden aus dem Indischen Meere nach Paris – und gerade nach Paris![10]

Ich widersprach ihm heftig, glaubte ihm aber, und so warteten wir denn eine folgende Unterhaltung ab, zu der sich acht Tage drauf erst wieder die Gelegenheit fand.

Auf meine erste Frage wegen der Unfeyerlichkeit dieser Sendung sagte sie, dies sey der ausdrückliche Wille ihrer Herrinn gewesen, indem sie gegen die prächtige Ausrüstung eines Gefolges protestirt habe – gegen den König, sprechend, »daß der Zeuge ihrer Taufe nicht durch das Gold von Borneo gewonnen, sondern von der Liebe zur Wahrheit getrieben diese Stelle annehmen solle«.

Gleich nach der Taufe aber werde eine mit aller erdenklicher Pracht der Insel und den kostbarsten Gaben versehene Gesandschaft an alle Höfe von Europa gehen, die Kunde vom großen neuen Sieg der Kirche überbringen und um die Bruderliebe der gekrönten Häupter bitten.

Das kam mir denn ganz probabel vor.

Nun erhob sie aufs Neue das Lob der Satischeh-Cara.

Unter ihren Ahnen zähle sie den König Duschmanta und Sacontala, und sie selbst sey gleichsam das Ebenbild höherer Art dieser hohen Fürstinn, deren Andenken und Geschichte noch in aller Herzen lebt auf Borneo, in dessen Gebirge sie die große Königinn Misrakesi auf dem Roc[11] entführte – nach der Untreue ihres Gemahls –, und wo dieser sie, nach langen Jahren vergeblichen Umherirrens, beym Schwiegervater der Königinn, beym einsiedlerischen Kasyapa, wiederfand.

Ich ließ mir die ganze Geschichte ausführlich erzählen und erfuhr dann, daß Duschmanta nach vielen glücklichen Jahren freundlicher Regierung im hohen Alter von 137 Jahren sich mit Sacontala aus dem väterlichen Reich am Malini-Strohm im nördlichen Indien wieder in's Paradys der Länder, nach Borneo, begeben haben soll, um als Einsiedler andächtig zu sterben, daß er sein ungeheures Reich unter vierundzwanzig Söhnen getheilt habe, aber den jüngsten, besten und schönsten seiner Söhne, Sacontageon, mit sich genommen habe, der nach Indras Tod an's Reich gelangt sey und seine Tochter Satischeh-Cara geheirathet habe.

Ich war wie toll und verrückt bey dieser Geschichte, auch Ancillon interessirte sie sehr. Nun machte Magdalene eine Beschreibung ihrer Herrinn, sie mit Sacontala vergleichend, daß meinem Herzen Angst und Bange wurde, als möchte [es] zerspringen. Sie gerieth, indem sie sprach, wie in Begeistrung. Sie schilderte ihren frommen Sinn, ihr engelgleiches Gemüth, ihre göttliche Schönheit und Güte, und als ich ganz schwachherzig einwandte, ob eine maleyische Schönheit auch eine solche in Europa sey, malte sie die königliche Gestalt, den kleinen Mund mit den Corallenlippen und Perlenzähnen, die Brauen der Augen, die sich wie der Bogen des Friedens über das holde Antlitz ziehen, den üppigen Wuchs der langen schwarzen Locken, die im Sonnenglanz wie mit goldnen Säumen erscheinen, das schöne Oval des Gesichts, die edle Form der Nase, endlich das sanfte aber gewaltige Feuer der großen schwarzen Augen, in deren Spiegel sich zwei Welten malen – kurz: sie sprach so, daß mir wurde, als habe ich eine Bouteille Champagner ge-lehret.

Zuletzt holte sie aus dem Grunde ihres Korbes ein kleines Bild hervor, welches, obgleich schattenlos und flach, auf die Gött-lichkeit des Originals schließen ließ. Ich verstummte und war wie verloren in den kalten, steifen Zügen, welchen meine wohl-bekannte Einbildungskraft Leben gab.

Ich riß mich aber von dem Anblick los und sagte ihr ganz er-hitzt, betäubt und heftig, ich glaubte, sie sey gekommen, mich zu einem Geschäfte des Friedens zu entbieten, und sie entzünde mir meine Seele!

Stell' Dir ein wenig diese Scene vor, beste Charlotte!

Ich fing an wie ein Kind zu heulen. Magdalene aber, als merke sie es nicht, fuhr fort, wiewohl mit einiger Mühe, als gelte es die Entscheidung: »Der König hat beschlossen, bald nach seinem Übertritt zur Kirche, das Reich seiner Tochter zu übertragen und auf des großen Duschmanta und vieler andrer frommer Fürsten Beyspiel die Einsamkeit zu suchen, um als erster christ-licher Fürst der großen Insel allen kommenden Geschlechtern ein großes Beyspiel von Selbstüberwindung zu geben. Am Tage der Krönung meiner Herrinn giebt ihr der König den alten hei-ligen Ring der Sacontala, und diesen wird ihre freye Wahl an die Hand ihres Gemahls und Königs stecken.«

Das war mir zu viel. Eifersucht und, willst Du's so nennen, Liebe rissen mich auf, und ich schrie: »Bey Gott! könnte ich hin, ich thät's; ich ergriffe die Möglichkeit, die Gelegenheit mit aller Macht!« Ancillon bat mich, ich möchte mich mäßigen, doch Magdalenen sagte freudig, wenn ich wollte Taufzeuge seyn, so würde vorausgesetzt, ich käme auch selbst nach Borneo. »Wollen

Sie ihr fürstliches Jawort geben, wohlan dann, folgen Sie mir; in vier Tagen landen wir an der goldnen Halle des Pallasts von Borneo, und am neunten Tag ist die heilige Handlung. Vertrauen Sie sich meiner Führung an, der Roc ist bereit, Sie auf seinem Rücken zu tragen.«

Als göß' man mir Eiswasser über meinen erhitzten Kopf, und ärger als so, wurde mir bey diesen Worten zu Muthe. Mir war grobe Betrügerey oder Tollheit klar, ich hätte mögen in die Seine springen! Ancillons Laune kannst Du Dir auch denken. Ich weiß nicht wie ich sie hätte aus dem Zimmer bringen lassen, wäre nicht Pollau[12] dazu gekommen, der mir den Oberjägermeister der allerchristlichen Majestät anmeldete. So entwischte ich ihr, sie ging weinend davon und ich zum Franzosen hinaus, der mich im Nahmen von Monsieur zur Jagd in St. Germain einlud.

Am Abend vor dem Jagdtage, als ich vom Souper bey Papa heimkehre, ergreift etwas am Thorwege meine Hand, und ich sehe zu meinem Entsetzen Magdalenen schluchtzend zu meinen Füßen. Sie konnte nicht zu Worte kommen vor Bewegung. Ich riß mich los und eilte die Stufen zum Vestibül hinauf. Da läuft sie mir nach, und, mich festhaltend, indem sie auf die Steine niedersank, wimmerte sie: »Glauben Sie, glauben Sie, und wollen Sie nicht glauben, so schauen Sie Morgen im Walde von St. Germain, schauen Sie, aber schweigen Sie, und kommen Sie!!!« Hier sank sie wie ohnmächtig um. Ich ließ ihr beyspringen und eilte, von den Schaudern des Unglaubens getrieben, zu Ancillon, der mich recht wärmte, aber endlich, nachdem sein Zureden mich einigermaßen vernünftiger gemacht hatte, behend sprach: »Wenn Ihnen morgen in St. Germain Ihr Heyl erblüht und Ihr Glück Sie nach Borneo entführt, so [ver]traun Sie auf mich. Ich werde beym König Ihr Advocat seyn. Reisen Sie mit Gott.« Ich nahm die Sache ernstlicher, und er gab es zu, daß ich dies seyn Versprechen aufschrieb und von ihm unterzeichnen ließ.

II. Flug auf dem Roc

Von dieser berühmten Jagd bey St. Germain hast Du zur Genüge gehört, beste Charlotte, aber Du weißt wohl nicht, was mir alles drauf begegnete. Nachdem die Lust der Jagd schon mehrere Stunden gedauert hatte und ich bereits drei oder vier mal mit dem Fiesko durchgegangen war, erreichten wir endlich den Hirsch, und gerade als das Hallalli ertönt, bemerke ich unter der aus den nahen Dörfern herbeyströmenden Foule, in ihrem weißen langen Kleid mit dem rothen Bund Magdalene, mit ihren Waaren unterm Arm. Ich erschrack mich ordentlich, doch um einen Vorwand, mit ihr zu sprechen zu bekommen, falle ich in Ohnmacht, welche Comödie sehr durch die wahre, gleichfolgende Ohnmacht des Onkels Wilhelm[13] begünstigt ward.

Ich machte Luck auf Magdalenen (die er von ihrem häufigen Verkaufen bey mir kannte) aufmerksam und bat ihn, sie zu fragen, ob sie nicht Balsam oder aetherische Oele etc. bey sich führe, um mich erholen zu machen.

Sie sprang gleich zu, hatte alles, wußte Rath für alles und unterstützte mich auf's eifrigste, als ich zu schwach zu seyn vorgab, um gleich nach Paris [zurück] zu kehren. Cousin übernahm meine Entschuldigungen bey der Herzogin von Curland, die

38

einen Ball am Abend gab. Ich stellte mich überhaupt sehr lei-
dend, sodaß alles schied in der Überzeugung, ich würde eine or-
dentliche Krankheit machen. Mir wurde in la Meute ein Haus
nah am Rande des Waldes gegen die Terraße ein Lager bereitet
und Luck lud Magdalene selbst ein, auch dorthin zu kommen
mit ihren Riechwässern. Sie fand Gelegenheit, mir zuzuflüstern,
am Nordende der Terraße stehe alles bereit.

In la Meute angelangt, beichtete ich alles, was sich mit mir
seit dem Einzuge vorgetragen, an Luck in größtem Détail. Erst
lachte er, dann schalt [er], endlich beschloß er, Magdalenen zu
sprechen. Mir war seit ihrem Erscheinen alle Zuversicht wieder-
gekommen. Luck kehrte von dem Gespräch mit ihr besänftigt,
wenn auch nicht gläubig zurück. Er beurtheilte mich milder,
weil er (zu frühzeitig) voraussetzte, wahre heiße Liebe triebe
mich, und er wußte schon seit dem Tage im Institut de France,
was Liebe heiße. Dabey war ihm Magdalene von der Ste. Luce
als eine redliche, treue und interessante Person empfohlen, die
sehr* oft bey dieser ihre Waaren zum Verkauf gebracht hatte. Ich
aß nur wenige Bissen, und als es vier Uhr in Le Germain schlug,
sprang ich auf, umarmte Luck weinend und sagte, ich würde den
Gang unternehmen, auf die Gefahr, daß es nur Roc's in Tausendundeiner Nacht[14] gäbe. So gingen wir Arm in Arm aus dem
Hause, als uns Magdalene entgegenkam mit einem Bündel unterm Arm und eine wichtige Rolle in der Hand. »Hier«, sprach
sie, »ist die Entscheidung! Haben Sie Kraft zu glauben, so unter-
schreiben Sie dies Blatt, wodurch Sie die Pathenstelle annehmen.
Ihr Nahme ist bereits in die Ohren meines Königs gedrungen,

* Im Original: »sei«.

durch Botschaft von mir, und heute erhielt ich dies Blatt mit der Einladung an Sie nahmentlich.«

Ich unterbrach, indem ich schrie: »Ich will glauben, ich muß glauben!« und, ihr das Blatt aus der Hand reißend, eilte ich in's Zimmer, meinen Nahmen drinn zu schreiben. Das Blatt hatte vier Fuß im Quadrat, war von azurblauem Pergament, mit Gold beschrieben.

Sie eilte mir auch nach und reichte mir einen kleinen* Goldstift und schrieb deutsch meinen Nahmen, und zwar also: »Friedrich Wilhelm, Fürst im Heiligen Reich, Erbe in Preußen, Markgraf zu Brandenburg, Graf von Hohenzollern.«

Der entscheidende Schritt war gethan. Ich hatte nach Magdalenens Übersetzung das heilige Versprechen unterschrieben, selbst Zeuge der Taufe des königlichen Hauses von Borneo zu seyn, welches Versprechen, wie als Antwort auf die königliche Einladung, unter dieselbe gesetzt war. Beydes war in Sanscritt, der Staats- und königlichen Sprache, abgefaßt.[15]

Jetzt gab sie mir das Bündel und sagte, sie rathe mir sehr, diese Kleider mit den meinigen zu vertauschen.

Diese Kleider bestanden aus einem** Shawl Zeug, das sich nur durch die ganz verschiedenen Muster vom Cashmir unterscheidet. Sie sagte, die Kälte, durch die wir ziehen würden, erheische die Vorsicht, sich so warm als möglich anzuziehen. Ich that es denn, nachdem ich ein für mich bereitetes warmes Bad genommen und mich mit köstlichen, auch als Praeservativmittel empfohlenen indischen Salben gesalbt hatte.

---

* Im Original: »ein kleines«.
** Im Original: »eitel«.

In einer langen, weißen, mit golden-purpurnen, grünen und azurnen Blumenkelchen durchwirkten Tunika, einem weißen Shawl um den Kopf und einem um den Hals, einem kleinen rothen um den Leib, goldnen Halbstiefeln an den Füßen, an Lucks Arm, von Magdalene geführt, verließ ich gegen sechs Uhr la Meute, in sehr schwärmerischer Stimmung. Alles was ich von meinen Sachen mitnahm, war ein Carniol mit meinem Wappen und den expreß mitgenommnen Schwarzen Adlerorden, Band und Stern und das Eiserne Kreutz.

Ich war dem Überschnappen sehr nah und zuweilen fest überzeugt, ich träume.

So gelangten wir an das nördliche Ende der Terraße, da, wo die Weinberge anfangen. Da pfiff Magdalene auf dem Finger, und statt der von Luck erwarteten Räuber und Spitzbuben kamen aus einer tiefen, im und durch Gebüsch verschütteten Grube zwey lange weiße Hälse wie ungeheure Schwanenhälse zum Vorschein, und bald darauf zwei Wesen, die wie Sträuße oder Casuar en beau aussahen, schneeweiß mit ungeheuren purpurnen Flügeln und rosigen Schwanzfedern wie Straußfedern von Ellenlänge. Auf ihren Rücken trugen sie kleine leichte Polster mit Lehnen von drei Seiten und mit einem mächtigen Vorrath dicker und feiner indischer Tücher versehen. An goldnem Ring um den Hals war eine seidne Schnur als Zügel befestigt. Magdalene reichte mir einen großen und dichten blauen Tuch, in den ich mich wickelte, drauf hieß sie die Vögel knien und blieb in erwartender Haltung stehen.

Das ungewöhnliche der ganzen Lage wirkte auch ungewöhnlich auf Luck, der mich sonst eher erstochen hätte als diese Fahrt zugeben.

»Ich sehe es als Gottes Finger an«, sagte er; »er wird Sie geleiten und Sie unversehrt an Leib und Seele uns wieder zuführen«. Nach einer innigen Umarmung erklomm ich den Rücken eines der Thiere, schlug einen Teppich um meine Füße wie einen Sack, legte noch einen mächtigen gelben Shawl über mich und steckte ihn neben und um mich ein, daß ich ganz wie in einem Bett saß und deckte über alles das einen tausendfarbigen Teppich, der wärmer hielt als die beste Wilschura. Während Magdalene dasselbe auf dem andern Thiere that, versprach mir Luck, mit Ancillon die ganze Sache dem Könige[16] beyzubringen und ihn auch von der Unmöglichkeit zu überzeugen, daß ich ihm früher davon hätte sprechen können. Ich hatte Papa und Ancillon noch in la Meute zwei Zeilen geschrieben, die er ebenfalls überbringen und erklären wollte; denn sie waren in solcher Agitation geschrieben, daß sie nicht gut zu verstehen waren.

Jetzt war mir übrigens der Wunder und des Unbegreiflichen so viel geschehen, daß ich alles dies Verkleiden und Vogelbesteigen etc. mit demselben Gleichmuth gethan hatte als man ähnliches in gewissen Träumen thut – in der Zuversicht, es geschehe ein Traum.

Nun empfahl ich Gott meine Seele im Gebeth, dies war die letzte Anstrengung meiner Vernunft. Ich drückte Luck die Hand und verkündete Magdalenen, ich sey fertig.

Da begann sie auf einer eignen Flöte eine gewisse Melodie, welche die Vögel wie stutzig machte; sie lauschten so bey einer Minute, erhoben sich dann von ihrer knienden Stellung und begannen dann mit den Flügeln wie im Takte zu schlagen, und es rauschte durch ihren ganzen Leib – ich kann nicht anders sagen – als wenn Luftströhme durch ihre Federn führen. Ihr

Schwanz blähte sich in einem großen Straus. Als sie standen, reichte Lucks Kopf nicht bis an ihre Brust!!! Die Melodie, die Magdalene spielte, klang halb wie der [...]*, halb wie ein Schlachtruf; endlich, als sie einen mark- und beinerschütternden Triller, der ihr viel Mühe kostete, blies, begleiteten ihn die Vögel wie mit Sturmesgeheul, immer mit den Fittigen schlagend, immer schneller schlagend. Endlich verstummte der Triller, und als ich nach Luck blicke, ist er wohl zehn Ellen unter mir, mit seinem Tuche lebewohl winkend. Ich antwortete, bis ich ihn aus den Augen verlohr, und so schwebten wir langsam wie ein steigender Ballon davon. Nach zehn Minuten aber nahm die Schnelligkeit des Fluges mit jeder Minute zu. Wie vom Sturm getrieben, ging's über den Calvaire dahin, und in einer Minute, nachdem wir über Neuilly schwebten, waren wir schon über Paris, welches wir von Paßy bis zur Barrière von Italien überflogen. Nun stiegen wir aber auch bald zu Alpenhöhe und viel, viel, viel höher, immer nach Südosten fliegend. Der Sturm war so arg, daß ich mein Gesicht verhüllte und wohl bey zwei Stunden nicht wagte, aufzublicken. Dann aber wurde es ruhiger in der Luft, aber so kalt, daß mir wie Eis war und ich deutlich beym Sternenlicht Eistropfen in den Flügeln unsrer Träger wahrnahm.

Es ging aber immer mit solcher Gewalt vorwärts, daß mir fast der Athem stockte und ich die ganze Nacht hindurch auf dem Bauch lag, das Gesicht also abwärts gedreht. An Unterhaltung war, wie Du leicht denken kannst, gar nicht zu denken. Ich war auch in solcher stumpfen Stimmung, in so halber Existenz, daß ich nicht einen Moment Langeweile fühlte und mich ganz

* Ein Wort unleserlich.

43

wohlig fühlte, als die Teppiche, die mich bedeckten, mich warm zu halten anfingen.

Wäre diese Erzählung Lug und Trug, so würde ich Dir eine pompöse Beschreibung machen von den lauen Lüften und Orangendüften, an denen ich den italischen Himmel erkannte, vom Fliegen über das Mittelmeer und Asien enfin! Ich würde sehr interessant schreiben und die Bewunderung vieler erwerben. So aber ist diese treue Darstellung meiner unglaublichen Begebenheiten im May [18]14 Dir ganz allein geweiht, und ich bitte Dich, sie auch treu zu bewahren und allerhöchstens sie Friko mitzutheilen, um auch sie aus vielem Wahn über mich und diese Geschichte zu ziehen.

Daß wir gen Südosten flogen, glaubte ich den Sternen und der Sonne, den Nahmen der seeligen Gestade aber wo ich gewesen bin, muß ich auf Glauben von denen annehmen, die ihn mir nannten. Ich weiß, daß wir vier Tage geschifft sind, durch die äußerlichen Räume des Aethers gleichsam; daß ich aber in diesen vier Tagen nicht vier Meilen, sondern viele viele hundert Meilen gemacht habe, kann ich wieder nur der Betheurung Magdalenen's und vieler lieben, unendlich lieben Personen glauben, die ich kennen gelernt. Doch nein! Nicht allein ihnen, sondern mir selbst, der Luft, [die ich] wie die erdichtete Paradyesesluft der Gärten Armiden's,[17] geathmet habe und mit meinen Augen die Wunder der südlichen Sonne gesehen habe.

Aber ich fasle in schlechtem Schwulst, statt durch meinen Bericht zu überzeugen. Höre denn weiter, theures Schafert.[18]

Es mochte Mittag seyn, tags nach meiner Ausflucht, als ich zuerst wieder menschliche Laute neben mir hörte. Magdalene war's, die mich frug, wie mir's ginge? Mit Mühe hörten wir

Flug auf dem Vogel Roc

unsre Worte, und wir haben wohl nicht während des ganzen Fluges mehr zusammengesprochen als was zwanzig Minuten einer etwas animirten Unterredung in sich fassen. Von unsern Trägern erfuhr ich, sie seyen nicht, was eigentlich in den indischen Maeren unter dem Roc verstanden wird, sondern eine viel kleinere Abart, die auf Timor, Neuguinäa und Neuholland einheimisch sind, doch meistens nur an den Höfen der eingebohrenen Fürsten der moluckischen und philippinischen Inseln noch existiren. Nur in Borneo sey das Geheimniß, sie zum Tragen zu brauchen, eigentlich zuhaus; und man brauche sie nur äußerst selten, um das Geheimniß vor den Europäern zu verbergen, die es gewiß mißbrauchen würden. Ihr Nahme in der Landessprache bedeute Luftpferd.

Der Roc aber, der Riese der Lüfte, der die schrecklichste Plage dieser Gegenden gewesen sey in den alten Zeiten, und nur auf den Eisgebirgen von Borneo gehaust habe, sey nun völlig ausgerottet, bis auf ein männliches und ein weibliches Exemplar, was stets im königlichen Stall unterhalten werde und sich selbst fortpflanze.

Es werde als ein nöthiger Luxus betrachtet, daß bey großen Tagen der König auf dem Rücken des Roc's von seinem Felsenschloß hinab in die untre Stadt fliege und sich dem Volke also zeige. Dieser Roc sey völlig zahm, und man könne ihn durch Sprechen leiten.

Ob diese und ähnliche Reden dazu beytrugen, mich wieder ordentlich in's Leben und zur Vernunft zurückzurufen, oder ob sie mich nur noch confuser machten, überlaß ich Dir zu denken. Ich schlief überhaupt sehr viel; die ganze Nacht mit sehr unruhigen Träumen von Bivaq, frühem Aufstehen, Frost, traurigen Nachrichten aus Sanssouci von Euch – und schon den ersten Morgen erwachte ich in Thränen, schlief aber bald wieder ein.

Von Zeit zu Zeit weckte mich Magdalenens Erkundigen nach meinem Befinden.

Dann suchte sie wohl mich vor zu vielem Schlaf zu warnen und wollte mich munter erhalten, indem sie die Rocgeschichten erzählte oder von ihren eignen Begebenheiten sprach. Sie sagte, daß sie sich allein durch den Compas zurechtgefunden habe, und das noch mit vieler Mühe und nach monatlangem Suchen, von der Küste Coromandel bis in Ungarn, wo sie erst ihrer Sache gewiß geworden sey.

Gegen Mittag des ersten Tages forderte sie mich zum Essen auf. Ich fand neben mir, an die Lehne meines Sitzes gebunden, einen Sack mit getrockneten Früchten und zwey metallne runde Flaschen, eine güldne und eine silberne. Sie bat mich, vom Wein der silbernen Flasche zu trinken und den andern kostbaren bis zuletzt aufzusparen. Am zweiten Tag mochte es zwei Uhr Nachmittag seyn, als ich aufwachte, und erst eine Stunde später sprach mich Magdalene an und sagte mir, sie sey auch eben erst aufgewacht. Ich war so dumm, daß ich gar nicht mich umgesehen hatte! Wir aßen und tranken wieder, ich wenig, und bemerkte dann, daß Magdalene wieder schlief.

Auch ich erwachte erst wieder aus meinem Schlummer als es dunkelte und frug sie, ob sie auf der Hinreise auch soviel geschlafen, worauf sie sagte, sie habe es wie ich gemacht und sey nur immer durch ihren Bräutigam (auf dessen Luftpferd ich säße) geweckt worden, denn er habe sich durch häufiges Fliegen sonst schon abgehärtet. Er sey ihr jetzt vorangeflogen auf dem

47

dritten Vogel, und sein Bruder werde, nach bedeutenden Einkäufen in Europa, heimschiffen. Sie erzählte mir noch mehr, ich glaube von ihren Abentheuern bey Paris, doch ich weiß gar nichts mehr, denn ich lag bald wieder für todt zwischen den hohen Lehnen meines Sessels.

Am zweiten Tage des Morgens war es etwas früher als gestern, als ich das Licht des Tages erblickte. Als ich aber, ganz ausgefrohren, zu dem herrlichen süßen Wein in der silbernen Pulle meine Zuflucht nahm, fiel ich wieder zwischen die Polster, was denn auch das Beste auf dieser ganzen Fahrt zu thun war, da ich ganz warm so lag, von den hohen Lehnen und den vielen Schawls und Teppichen wohl geschützt.

Nach diesem Trunk ward ich entweder trunken oder schlief ein in Träumen. Soviel ist mir noch deutlich, daß mir sehr wohl wurde, [ich] mir einbildete, krank gewesen zu seyn und Euch alle aus Sans-Souci mit vieler Freude über die Lehnen blicken sah, die Ihr sehr erfreut waret, mich besser zu wissen. Drauf ward mein Schlummer ruhig und als alles dunkelte, schlug ich erst wieder die Augen auf, viel dummer als zuvor. Ich schrie nach Magdalenen, sprach ordentlich mit ihr, sie war aber schon längst zusammengesunken, und nun ergriff mich's mit einer Art von Angst: wir so hoch, so wildem Vieh preisgegeben, schliefen alle beyde, und keiner wisse, wohin es gehe! Denk' Dir dies ein wenig, O! mein Schafert!

So dumm war ich, daß ich an dem Zügel (den ich noch gar nicht gebraucht hatte) zupfte und rupfte, ohne mir selbst Rechenschaft geben zu können warum! Mein Vogel fing an zu flattern, und ich merkte, daß beyde Thiere confuse wurden und einer ganz andren Direction oder vielmehr gar keiner folgten, sondern hierhin und dahin flogen und sich am Ende senkten, als ließen sie sich fallen.

Nun fing ich ein Cetergeschrey an, und Magdalene erwachte – aber zu meiner Verzweiflung nur, um auch zu schreyen und sich zu haben! Endlich, als wir wirklich schon die Hitze wie in Dämpfen von unten uns anblasen fühlten, ergriff sie das Instrument, auf welchem sie bey der Abfahrt auf der Terraße zu St. Germain geblasen hatte und fing dieselbe Weise an. Sogleich ließen die Vögel das Flattern seyn, horchten auf und schwangen sich wieder aufwärts und nach Südosten. Wir wachten beyde durch die ganze Nacht, sprachen aber fast kein Wort, außer, daß sie mich aufmerksam auf meine Sottise machte und mir sagte, die Weise, die sie gespielt, sey ein dreifaches Zeichen: Zunächst, für die Vögel, sey das der Ruf zum Füttern im königlichen Stall; dann aber sey es auch das gewöhnliche Lied der Hirten der Gebirge und der uralte Schlachtruf des Volkes, der noch von jenen Zeiten her, da auch diese Luftpferde in den Schlachten gebraucht wurden, immer denselben gespielt wird, wenn man ihnen Muth oder ihre Art von Vaterlandsliebe einflößen will – nemlich die, die sie so schnell aus Frankreich heimführe.[19] Der Schlaf kam uns erst wieder, als die Sonne schon in unglaublicher Farbenpracht aufgegangen war. Dies Schauspiel gab mir dunkles Gefühl meines Seyns in andern als den väterlichen Regionen, doch das Gefühl wich ziemlich unruhigen Träumen. Äußerst ermattet erwachte ich erst in den ersten Stunden des vierten Tages. Magdalene sagte mir, ich möchte mich so lang als möglich wach erhalten, denn jetzt müsse man auf jede Bewegung unsrer Rosse achten und vorzüglich ihnen beym ersten Schreyen oder Krähen, welches das Wittern der Luft von Borneo bedeute, die Zügel über den Kopf werfen, da alsdann die Impetuosität, mit der sie niederfahren würden, ohne alle Gefahr für uns sey; wir aber den Hals riskirten, wenn wir dem Ungestüm vergeblich trachteten, eine Richtung zu geben.

Wir hoerten, wir lauschten, und nichts ertönte.

Die Luft war eisig und schneidend, wir schwebten hoch über den Wolken, und nur hie und da am Horizont erblickten wir das Meer. Der Himmel sah überhaupt ganz ordinär wie der deutsche Himmel blaßblau aus; keine Spur vom Feuer des Südens.

Mein Glaube an die Ferne und das Abentheuerliche der Expedition wankte, obgleich mein Sitz und unsre Fahrt mich hätten beruhigen können.

Um vier oder fünf Abends, als noch kein Zeichen von Anlangen geschah, ward Magdalene selbst besorgt und äußerte, es könne nur der durch mich veranlaßte Aufenthalt von Vorgestern an dieser Verspätung Schuld seyn.

Mich fing die Unternehmung an zu reuen; so, theure Charlotte, war ich mir selbst unähnlich durch die angreifende Fahrt geworden.

Die fünfte Nacht kam, und mit ihr eine dumpfe Verzweiflung für mich. Ich konnte nicht schlafen, obgleich ich todmüde war. Ich stönte und klagte Magdalenen mein Elend. Und wie schrecklich ward mir, als auch sie sagte, sie fühle sich sehr krank: Sie sey getäuscht [worden]; ihr Bräutigam habe ihr den Compaß genommen. Sie glaube ihn ungetreu und absichtlich auf ihr Verderben bedacht, indem er ihr eingebildet, die Melodie allein werde den Luftrossen den Rückweg lehren, so wisse er's aus hundertfältiger Erfahrung – und so weiter.

Das war eine gräßliche Nacht. Wir beyde stöhnten und seuftzten und sprachen keine Silbe weiter.

Wohl zwei Stunden nach Mitternacht faßte mich Freund Morpheus siegreich.

Ein durchdringendes Gekreisch weckte mich, und gleich darauf hörte ich Magdalenens vor Freude bebende Stimme.

Es war eine halbe Stunde vor Sonnenaufgang.

Sie schrie unaufhörlich »Gott sey gelobt in Ewigkeit von Ewigkeit zu Ewigkeit, Gott sey gelobt, ewig gelobt!!!!!!!« Ich verstand sie, warf gleich ihr den Zügel über den Hals eines Vogels und lobte und pries den Herrn!

Sehr heftig sagte sie mir, wir müßten jetzt schnell die goldne Flasche leeren, da uns die schnelle Änderung der Temperatur den Tod zuziehen könnte.

Ich that's, und wie neues Leben goß sich's durch mein Gebein. Sie sagte, es sey hundertjähriger kostbarer Wein, wie er nur an einem Orte der Insel, grade unter der Sonne* wächst, vermischt mit dem sogenannten Wasser des Lebens aus dem Rosenbrunnen.

Die Vögel schwebten indeß unbeweglich über den dicken Wolken, die uns noch alle Aussicht verbargen nach unten.

Diese färbten sich mit einem Purpur, davon ich noch keinen Begriff gehabt hatte.

Mit einemmale erschien die Sonnenscheibe im Morgen; alle Farben des Regenbogens wechselten am Himmel, wir waren schon viele hundert Schuh langsam gesunken.

Die untern Wolken glühten nun plötzlich in einer unaussprechlichen Orangen- oder Goldfarbe, und zugleich erhob sich

---

* Im Original: »Linie«.

ein sanfter warmer Wind und das goldne Meer unter uns begann zu wogen und zu weben; ein unbeschreiblicher Anblick, ich wußte nicht was ich sah! Ich staunte an und verstummte. Doch nun schien die Luft sich zu beleben und in tausend Kehlen uns anzureden, denn viele Schwärme schöner farbiger Vögel umflogen und umseufzten uns.

Von der Erde stieg die Wärme wie aus einer ungeheuren Esse uns entgegen. Ich fühlte mich wieder ganz; ich fühlte mich wachend, gestärkt, gläubig vertrauend – als thäte das Paradys seine Thore auf, so ward mir, als die Wolken zerronnen waren und ich im hellsten Sonnenschein (in einem Sonnenschein, gegen den der unsre nur wenig mehr als Mondschein ist) ein göttliches grünes Land mit mächtigen Ströhmen unten sah, und südlich in blauer Ferne die ungeheuren Gebirge, wo sonst der Roc gehauset, mit den erstarrten, jetzt aber glühenden Häuptern von Eis.

Unser Sinken ward jetzt beynah zum Fall, so ungestüm brausten unsre Rosse erdwärts, auf eine weite große Stadt herab, von einem sehr breiten Strohm durchflossen, an einer Bucht des Meeres, theils auf hohen Bergen, theils flach am Meere, theils auf hundert Inseln des Busens gelegen. Magdalene nannte mir Borneo und zeigte mir am westlichen Ende auf dem höchsten Punkt, nah und steil am Meere, den Pallast des Königs mit seinen blühenden Gärten und unzähligen Anlagen, allein wohl über eine Stunde und mehr im Umfang.

Verzeih' mir diesen geblümten Styl, theuerste Schwester, aber glaube mir, daß der, der diese Wunder gesehen, sich – wie ich es thue – die größte Gewalt anthun muß, um noch so kalt, so unfeurig, ja mit einem Wort, so unwürdig davon zu sprechen.

Mit jeder Ruthe, die wir niedersanken, vermehrte sich die Wärme, eine Himmelswärme, eine tausend Leben athmende Wärme! Dabey eine aromathische Luft! Als sey eine Million Treibhäuser, voll der köstlichsten Pflanzen und Blumen des Südens, geöffnet! Ich sage Dir, nur die Beschreibung Tassos von Armides Gärten kann Dir einen Begriff von dem Eindruck geben, den ich empfand. Doch nein! Lies' lieber Dantes Schilderung vom Irdischen Paradys![20] Denn kein niedriger weichlicher Gedanke war in mir, aber begeistert war ich, und nach der Abstumpfung und Starrheit meines ganzen Wahnes während der kalten viertägigen und fünfnächtlichen Fahrt in sibirischer Temperatur wirkten meine wiederkehrenden Geister überhastig in mir, und schon schwärmte ich oder phantasirte ich, schon war mir's klar, ich sey im heiligen Kampfe gefallen und werde auf Engelflügeln in den Ort der Seeligen getragen, als neues Gekrähe oder Gezwitscher mein Ohr traf und ich uns von vielen, vielen in den Sonnenstrahlen wie Gold glänzenden Pfauen und Paradysvögeln umflogen und bewillkommt sah,* und bedeckt von Heeren der prächtigsten, edelsteinartig schillernden Schmetterlingen!!!!!! Gleich darauf berührten wir die Erde, ganz leicht und elastisch. Wir waren am nördlichen Schloß und den vielen Terraßen des Berges vorbeygeschossen und auf einer grünen Ebene am Fuß der letzten Terraße, dicht am Eingang zu der schönen Wasserstraße, die Du aus meiner Zeichnung kennst, gelandet.

Sogleich knieten die Vögel und ich schwang hinab und fiel auf mein Antlitz und blieb dankend und preisend wohl bey zehn Minuten also liegen.

---

* Im Original: »sahen«.

III. Ankunft in Borneo

Als ich aufstand, hatten sich Diener der Vögel bemächtigt und sie entladen und führten sie streichelnd und liebkosend zum Fraß.

Magdalene lag in den Armen eines schönen braunen Mannes, in welchem ich ihren Bräutigam errieth – als welchen sie ihn mir auch gleich vorstellte.

Jetzt bemächtigte sich meiner ein gewisses beklommnes Gefühl, was davon kam, daß ich mich in einem ganz unbekannten Lande befand, von dessen Sprache und Sitte ich auch gar keinen Begriff hatte. Ich bat also Magdalene, um alles in der Welt bey mir zu bleiben und sich meiner anzunehmen. Sie versprach's und lud mich ein, noch etwas der Ruhe zu genießen und bat mir ihres Zukünftigen Haus zur einstweiligen Stätte an; vor drei Stunden wache kein Mensch oben auf. Auch war nur der Bräutigam, der Aufseher der Vogel- oder Luftroß-Ställe war, und seine Diener und Vogelbesorger wach.

Er war zwei Tage vorher erst aus Paris angelangt, nachdem ihn Magdalene, in der Hoffnung, mich am Jagdtage zu bewegen, am morgen zuvor heimgesandt hatte.

Auch den Ort wo wir landeten, kennst Du nun aus einer Zeichnung von mir, die im allgemeinen gut, aber im einzelnen, besonders in der Bauart der Häuser nach der Wasserstraße hin, so gewiß ziemlich unrichtig ist.

Der ganze Boden da ist das üppigste Grün, ein Teppich von grünem Sammt, mit Millionen Edelsteinen durchwebt! Mit so herrlichen Blumen war es gemischt! Dies ist zugleich der Futterplatz alles Geflügels, was bey Hofe zur Lust gehalten wird, der

Magdalena, Sendbotin des Königshofes von Borneo und
Friedrich Wilhelm, Kronprinz von Preußen. Figurenskizzen

Heere von Pfauen, Paradysvögeln, Papageyen etc. Das Gras, was sonst manneshoch seyn würde, wird ganz kurz gehalten und bietet ein Lager dar, weicher und lieblicher als […].* Der Anblick der Felsenterraßen, auf denen** das Schloß liegt, ist überaus erhaben und sonderbar von der Seite: jede Terraße fast ist mit springendem und fallendem Gewässer versehen, tausend Sitze von allen Farben des Marmors und Porphyrs*** schmücken sie, und die Wände sind hie und da mit uralten Basreliefs aus der indischen Mythologie versehen, welche die Sage noch von Sacontalas Zeiten herschreibt. Nördlich wird dieser schöne Platz vom Meere begränzt, in welchem die vielen Inseln der Stadt sichtbar sind, nordwestlich von einem himmelhohen Palmenhayn und von einem westlich am Schloßberg aufwärts steigenden herrlichen kleinen Thale, welches ein schäumender Bach mit unzähligen Wasserfällen bewässert. In der Mitte des Platzes steht ein Bananas, der sehr dick ist und schon an hundert große Bäume um sich her durch seine Äste erzeugt hat. Unter diesen legte ich mich, während Magdalene in des Bräutigams Haus ruhte.

Da hatte ich einen Traum, den ich mit Fleiß einklammre,**** und der nur als bloße Bemerkung eben so gut von Dir ungelesen bleiben kann. Er ist immer merkwürdig, weil er von vielen für eine Ahndung gehalten werden würde.

---

*   Ein Wort unleserlich.
**   Im Original: »den«.
***   Im Original: »Porpirs«.
****   Im Original ist die nun folgende Traumerzählung in eckige Klammern gesetzt.

IV. Traumerzählung

Der Dante, der mich beym Niederschweben und beym Anblick
dieses Landes ganz erfüllt hatte, erzeugte in mir diesen Traum,
und ich wanderte an seiner Hand den Berg der Reinigung (den
er so göttlich beschrieben hat mit den Basreliefs von Engelhand)
hinauf. Deutlich war mir das nicht. So erinnre ich mich nur
eines Basreliefs der Verkündigung und eines andern, den Engel-
sturz darstellend. Von den* in der Reinigung begriffnen Seelen
sah ich gar nichts als viel Nebel.

So erreichten wir den Gipfel des Berges, wo das Irdische
Paradys liegt, ein Hayn von himmelhohen Bäumen. Du mußt
Dante's Beschreibung absolut lesen, denn grade so war's.

Die Sonne war dem Aufgang nah und ich war mir's deutlich
bewußt, ich erwarte eine Bewohnerinn des Himmels, um mich
mit ihr in das himmlische Paradys aufzuschwingen. Diese Him-
melsbotin kam, gekleidet wie Dante's Beatrice – oder vielmehr:
sie war es selbst, in strahlend weißem Schleyer, einem grünen
Mantel, der wie Smaragd glänzte und ein[em] Kleid von hellem
Feuer, bekränzt mit Oel. So stieg sie in zwei Engelchören – eines
über, das andre unter ihr – in einer Wolke von Blumen, die sie
aufwärts und abwärts warfen, in einem Kranz von sieben großen Sternen, von den sieben Tugenden umschwebt, aus dem
goldnen Thor des Himmels nieder und stellte sich mir, der ich
am Ufer des Lethe stand, gegenüber. Ich, im Bewußtseyn, un-
verdient solcher Himmelserscheinung zu genießen, fiel nieder
auf's Antlitz und hörte sie nun mit ernstem, in's innerste der

---

* Im Original: »denen«.

57

Seele bohrendem Tone – so eindringend, so bohrend, so brennend, so göttlich warm ihre Worte (die ich übrigens nicht mehr weiß), daß – wär' es Wahrheit und nicht Traum gewesen – ich meinen Geist aufgegeben haben würde. Als das einige Zeit gedauert hatte, begann ein Engelchor, welcher* mit ihr am Lethe stand, in göttlicher, unbegreiflicher Melodie eine Fürbitte an sie um Schonung für mich Armen, der ich dem Vergehen nahe sey, und der andre Chor, der** über ihr schwebte, sang ebenso Himmelstrost mir in die Seele, doch das alles so sanft und leise, daß ich Beatricens strenge Worte durchaus deutlich vernahm. Doch wie ein Schirm gegen den Brand der Sonne waren mir die Himmelschöre. Jetzt wurde Beatricen's Rede sanfter, strafend, aber ermahnend zugleich. Ich begann laut zu Beten, aber der** erste Engelchor sang während ich sprach dasselbe Gebet, dieselben Worte, während auch ich sie hervorbrachte, und half*** mir so beten. Ich stimmte endlich in dieselbe leise Melodie ein, und Beatrice's Worte flossen endlich in ein Preisen der Gnade Gottes über. Der** Chor im Himmel jauchzte Worte des Vertrauens wie in meinem Nahmen empor, und sie gebot mir, mich aufzurichten. Ich sah ihr zuerst in's Antlitz und erkannte mein Ideal von der holden unbekannten Fürstinn von Borneo. Ich sank in den Lethe, und die Engelchöre stimmten im Triumpfe das Te Deum an. Ich blieb in den Fluthen des Lethe, bis ich hörte »In Te, Domine! Speravi, non confundar in aeternum«. Da stieg ich an's jenseitige Ufer und erwachte.****

*   Im Original: »welches«.
**   Im Original: »das«.
***   Im Original: »halfen«.

**** Im Original hier eckige Klammer zur Bezeichnung des Endes der Traumerzählung.

Palmeninsel. Landschaftsskizze

V. Erste Begegnungen

Magdalene winkte mich und frug, ob ich kommen wolle, der König werde nun wohl auf seyn. Ich hörte dann, daß ich gleich könnte feyerlich vorgestellt werden, der König habe schon das von mir unterzeichnete Blatt in Händen. Nun gab man mir ein neues Kleid, ebenso wie das alte, nur feiner und reicher durchwirkt, nachdem ich von Dienern in ein Bad geführt und gesalbt worden war mit den köstlichsten Salben. Mein Haar war in den vier Tagen mir fast bis auf die Schultern gewachsen, und ich erfuhr, daß das die gewöhnliche Folge solcher gewaltsamen Partien sey. Ich ließ es kämmen und salben, aber nicht abschneiden. Das Haupt wurde mir mit einem rothen, mit Edelsteinen gezierten Tuche turbanartig umwickelt. Drei verbundne, zwei Ellen lange Schnuren von Zuchtperlen wurden mir umgehängt, und ich konnte den Leuten nicht begreiflich machen, warum ich die prächtigen Ohrringe, die mir dargereicht wurden, nicht brauchen konnte. Dienende Knaben schnitten mir die Nägel an Händen und Füßen und zogen mir goldne, ganz spitze, mit Sapphiren verzirte Schuhe an. Süperbe Braßeletts für Hände und Füße wies ich ab. Zuletzt kriegte ich einen rothen Ceinturor[n] mit Diamanten an und einen Sonnenschirm aus drei sich kreutzenden Paradysvögeln mit goldnem Stiel und einer großen Muschel.

Auch Magdalene hatte sich geschmückt, und so traten wir aus dem Bade (unter dem vergoldeten Thurm) hinaus und begannen die breite Felsentreppe zu besteigen, da, wo das Bild des Brahma mit einigen anbetenden Frommen in die Felsen gehauen ist.

Friedrich Wilhelm, Kronprinz von Preußen. Ganzfigur im Profil

Magdalene sagte mir, der König wünsche mich vor der großen Audienz erst allein zu sehen wie durch Zufall; daher würden wir den Weg über die Terraße an Satischeh-Cara's Gemach nehmen, auf der er jetzt mit allen Gläubigen des Schlosses zum Morgengebet versammelt sey.

Mit jedem Schritt aufwärts erweiterte sich eine Landschaft vor unsern Augen, die ich nicht zu beschreiben vermag.

Die Stadt, die sich am Busen weit herzieht, macht einen freundlichen und schönen Eindruck wegen der herrlichen hohen Palmen und andern Alleen und den herrlichen Baumgruppen, die überall über die Dächer ragen. Die Häuser selbst sind zwar meist von Bambus und Brettern, aber es giebt sehr schöne Häuser dieser Art und auch steinerne, ja marmorne mitunter, die aber ein ungeheures Alter schon haben sollen.

Ich konnte nicht umhin, Magdalene mein Erstaunen [darüber] zu äußern, statt des mir sonst beschriebnen, erbärmlichen Borneo von fünftausend ärmlichen Hütten im Sumpf am Meere diese herrliche Stadt und dieses Schloß und diesen anscheinenden Wohlstand, ja diese unermeßliche Pracht zu finden. Sie lächelte und sagte: »Das ist der Europäer und Chinesen Schuld. Beyde haben seit vielen Jahrhunderten hier den schlechtesten Ruf, und das Beyspiel von China hat unsre[n] Könige[n] seit vierhundert Jahren die Politik eingegeben, das Innre Euch zu verschließen, und zwar mit List, da es nicht mit Gewalt geschehen konnte. Dort, wo am Meereshorizont jene grauen Massen himmelhoher Wälder emporsteigen, liegt an einem Busen der von Euch gekannte Flecken Borneo. Das sind jene Sümpfe, die rundherum an unsre Felsenküste angeschwemmt sind und grade vor diesem großen Meerbusen, an welchem unsre herrliche Stadt

Friedrich Wilhelm, Kronprinz von Preußen. Figurenskizze

liegt, viele große und kleine Inseln bilden, alle voll der üppigsten Vegetation. Die schmalen Kanäle zwischen den Inseln sind Euch immer als sumpfige Flüsse beschrieben worden, und die sehr ungesunde Luft jener feuchten Gegend, wo Euer sogenanntes Borneo liegt, hat Euch mit vielen künstlich und consequent geschmiedeten Fabeln vom ferneren Eindringen abgehalten. Obendrein sind diese Küsten niemals frequentirt gewesen von den Europäern, und ließen sich einmal welche nieder auf den andern Inseln längs der Küste, so ruhte man nicht ehr als bis sie alle getödtet und vertrieben waren. Mit China wird der größte und ausgebreitetste Handel getrieben, was der Wald von Masten dort unten an der Stadt beweist. Aber sie haben dasselbe Intereße als wir, zu schweigen, und übrigens bestehen feyerliche Verträge mit dem Hof zu Peking, die dies Schweigen versichern.«

So erfuhr ich denn mit Staunen, daß ich zugleich an der Küste und mitten im Innern dieser großen Insel war, die folglich wahrscheinlich eine ganz andre Gestalt hat, als man ihr auf den Karten giebt – eine viel eingeschnittnere, vielleicht ehr in der Art wie das nahe Celebes, nur […]* umgeben und ausgefüllt mit dem üppigen Moor, das die höchsten Bäume der Welt trägt, wie weltbekannt ist, und wohl dieselbe Entstehung wie das Delta hat.

Wir hörten jetzt ein dumpfes Läuten, was von oben kam, und Magdalene wunderte sich darüber, da das erst das Zeichen zum Morgengebet war und sie's schon vollendet glaubte. Sie rieth also, langsam zu gehen, um nicht zu früh anzulangen, was denn sehr rathsam war, weil viel zu steigen und es eine entsetzliche Hitze war, obgleich das dicke Gebüsch der meisten

---

* Ein Wort unleserlich.

64

Magdalene, Sendbotin des Königshofes von Borneo. Ganzfigur

Magdalene, Sendbotin des Königshofes von Borneo. Profil, Vorstudie

Magdalene, Sendbotin des Königshofes von Borneo. Profil

Terraßen, viele Laubgänge und die häufigen Wasser die Luft sehr kühlten. Es mochte halb acht Uhr seyn.

Wir plauderten viel zusammen, während wir so gingen. Unter anderm fragte ich sie, ob's wahr sey, was man in Europa von der Ohnmacht des Königs von Borneo über die ganze große Insel sagte, und ob wirklich die andern Könige ganz unabhängig und mächtig[er] als er wären.

»Dabey fällt mir ein«, antwortete sie, »daß ich noch nicht gesagt hab', daß wir heut' vornehmen Besuch haben.«

»Eure Nachrichten lügen nicht über das Treiben in der großen Insel. Es ging ungefär hier also zu wie im Heiligen Römischen Reich. Der Herr ist immer da gewesen, nur die Diener fehlten – oder vielmehr: ihr Wille. Alle Könige und Fürsten auf Borneo sind Muhamedaner, und da das alte Königshaus allein den Brahmen Glauben behielt, glaubten sie schicklichen Vorwand zum Abfall zu haben, obgleich ihnen stets eine Art von heiliger Scheu vor der alten Majestät nicht ganz fremd geworden seyn mag.«

»Jetzt nun, als er sich bekehrt, hat der König Gesandte an die meisten Höfe geschickt, die anzeigten, er habe den alleinigen Gott erkannt, und es sey jetzt seine Pflicht, Ruhe und Ordnung allenthalben herzustellen, wo er ein Recht habe, und so fordre er im Nahmen des Höchsten alle Fürsten – seine Vasallen – zur Pflicht auf. Mehr als dies halfen aber hundert Rechte auf Luftpferde, die den Herren eine Idee seiner Macht geben sollten.«

»So haben sie sich denn nach Jahresfrist entschlossen, selbst alle an des Königs Hof zu kommen, um wahrscheinlich höchst eigenhändig im Trüben zu fischen, was denn hoffentlich die ruhige Kraft, die allen Handlungen des Königs eigen ist, seit ihm das Licht des Lebens leuchtet, veredeln wird. Seit einem Mond sind die Hoflager der Könige und Fürsten um Borneo, und sie haben bis auf die letzten geharret, um vereint ihre barbarische Pracht leuchten zu lassen, die schwachen Geistern imponiren soll. Unsrerseits wird alles mit der höchsten Würdigkeit eingerichtet, obzwar auch mit der überschwenglichen Pracht der alten Fürsten unsres Hauses.«

Drauf sagte sie, der König habe – immer unsre Ankunft erwartend – den feyerlichen Einzug dieser Herren aufgeschoben unter vielen Vorwänden, und jetzt, gleich nachdem er erfahre, daß wir da wären, sind Boten auf Luftrossen ausgesandt worden, die bereits die Nachricht zurückgebracht hätten, die fremden Könige seyn im Anzuge.

Wir gingen eben die große Treppe hinauf, die zur vorletzten Terraße führt, als das abermalige Glockengeläut uns das Ende der Morgenandacht verkündete.

Schon leuchteten die rothen und goldnen Zimmer des Pallastes über das dicke Gebüsch der oberen Terraße herüber.

Mir schlug das Herz so gewaltsam, denn mein Traum hatte mich so unglücklich exaltirt, daß ich ernstlich mit dem Schauer, einer himmlischen Erscheinung entgegenzugehen, ging.

Wenn Du einen Augenblick meine ganze Lage bedenken willst, so wird Dich dies nicht im Mindesten wundern.

Während der entsetzlichen Reise war ich fast ganz dumm und schwachsinnig gewesen. Jetzt war zu viel Lebenskraft in mir, ich war fast wahnsinnig.

Als wir die vorletzte Terraße erreichten, kamen zwei Männer von der ersten herab uns entgegen.

Magdalenen's Kniebeugung verrieth mir den König, noch eh' sie ihn mir nannte.

Er erschien mir recht würdig, dem Äußern nach sehr kräftig, bey sechzig Jahren. Er war von einem alten Gelehrten oder Doctor aus der Insel Formosa, in langem grünem Talare, begleitet, der sehr seiner Gunst genießt, aber dessen Bekehrung für nicht sehr aufrichtig gehalten wird. Ich grüßte den König sehr ehrerbiethig, und als Magdalene mich ihm genannt hatte, nahm er mich sehr freundlich bey der Hand, küßte mich drei mal, die zwei Wangen und die Stirn, und ließ mir durch Magdalene viel Liebes sagen, auch über unsern nun gemeinschaftlichen Glauben – auch über Papa sogar. Der formosianische Doctor sprach einige Worte schlechtes Englisch mit mir, während Rußang-Gehun [= der König] meiner Begleiterinn Aufträge wegen meiner Wohnung gab. Er gab mir die Erlaubniß, Satischeh-Cara zu sehen, worauf beyde einiges mit einem besondern Lächeln sprachen, das mich unwillkührlich fackeln ließ, obgleich ich keine Sylbe errathen konnte. Dann entließ er uns sehr freundlich und verlohr sich mit Uzim, dem Formosaner, der zugleich ein Art von Buffo ist, in ein delizioses Pisangwäldchen.

Er trug in der Rechten einen Stab von Ebenholz, zwei Ellen lang, oben mit einem ungeheuren gelben Diamanten versehen. Er hatte einen weiten Rock von weiß und roth gestreifter feiner Wolle, ebenso einen Turban, dessen zwei Enden, mit weißem Mousselin überzogen, hornartig ihm über die Stirn heraussahen. Sein Haar hing ihm bis auf die Schultern, und er trug zwei Glocken von drei Zoll langen bloßen Rubinen in den Ohren und eine drei Ellen lange Perlenschnur um den Hals, davon jede wenigstens so groß war wie unsre größten Kronperlen. Der Weg

Rußang-Gehun, König von Borneo. Halbprofil

zur oberen Terraße ist mit einem Geländer von gelbem Sandelholz eingefaßt. Hier ist der Felsen fast ganz und gar durch die
üppigsten, buntesten und duftendsten Rankengewächsen ver-
steckt, die überhaupt auf dem ganzen Wege die schönsten Grup-
pen der glänzendsten Blüthen und des saftigsten Grün's gegen
den perlgrauen Marmorfels bilden.

Die obere Terraße ist wohl an fünf- bis sechshundert Schritt
lang im ganzen, aber durch die verschiednen Pflanzen (die alle
ein undurchdringliches Dach mit ihren breiten ungeheuren Blättern gegen die Sonne bilden) in mehrere Theile getheilt, mit vielen porphyrenen und marmornen Baßin's und Springbrunnen.
Als wir hinaufgelangten, schlug mein Herz fast hörbar. Magdalene eilte voran, mich anzumelden. Die Terraße hat ungefär fünfzig Fuß Tiefe bis zum Schloß, von dem ich beym Anlangen
oben durch das dicke, herrliche kühle Grün einige goldne Pfei-
ler und Teppiche dazwischen erkennen konnte. Ich hielt mich soviel als möglich hinter den größten Blättern der Schirmgewächse.
Kaum war mir Magdalene von der Seite, als der eine Teppich
vor den Thüren, die zu Satischeh-Cara's Gemächern führen sollten, sich hob und die Wunderherrliche, die Göttlichschöne selbst
heraustrat, im langen weißen Gewand, noch beschäftigt, ihre
langen seidnen Locken (schwärzer als das schwärzeste Ebenholz
und als der schwärzeste Marmor) mit der fürstlichen Binde zu umwinden (die Du, beste Schwester, so gut aus meinen Zeichnungen
kennst und die aus dem feinsten Goldstoff mit Diamanten besteht). Theuerste, geliebteste Schwester, was soll ich nur sagen?

Lies die »Erscheinung« von Schiller – so war mir, so faßte
mich's in dem Moment, als sie mit ihren dienenden Frauen, so
herrlich und so unschuldsvoll, so hold und lieblich und doch so

majestätisch hervortrat. Ich gedachte meines Traums; noch schöner als die geträumte Beatrice erschien diese Beglückende mir. Sie war in Gedanken bis an das porphyrene Baßin inmitten der Laubgewölbe gekommen, als sie fertig war und aufblickend Magdalenen gewahrte und vor Überraschung wie versteint stehen blieb. Meine erhitzte Phantasie ließ mich* die zürnende Beatrice am Lethe sehen. Doch daß hier reine freudige Liebe waltete, sah ich nun bald, als sie – entzückt, so unerwartet ihre Seelenfreundin wieder zu sehen – wie eine Gazelle hüpfend, barfuß wie sie war, durch das christallreine Wasser setzte (das ihr kaum den Knöchel benetzte) und fast im selben Moment in Magdalenens Armen lag.

Die hatte noch kein Wort herausbringen können. Nicht gering war daher ihre Verlegenheit bey meinem plötzlichen Anblick.

Einige Worte erläuterten ihr den Umstand, und nun neigte sich die Holde mit göttlicher Anmuth gegen mich. Magdalene nannte ihr laut meinen Nahmen.

Doch wie ward mir, als ich in ihre großen schwartzen Augen blickte? Wirklich der Abglanz beyder Welten! Doch wie ward mir!? als ich deutlich ihre Engelstimme vernahm, die zu mir sprach: »Gott grüß Euch«!!!!!!! Es war um mich Armen geschehen. Dieser Augenblick entzündete meine Seele – wohl für diese ganze Zeitlichkeit.

Ich glühte wie eine Kohle, hatte eine tiefe Kniebeugung gemacht und nichts andres meinem sturmbewegten Gemüthe abpressen können als »Amen«.

* Im Original: »mir«.

73

Nun fing ich damit an, ihr mein Befremden zu äußern, diese Laute meiner theuren Muttersprache aus ihrem Munde zu vernehmen. Ich sah staunend, daß sie mich verstanden hatte, doch die Antwort wollte nicht recht heraus. Nach einigen sehr höflichen Worten in ihrer Sprache bat sie Magdalene zu sprechen, die mit einer Triumphmine unterdessen dagestanden hatte, und diese sagte mir, Satischeh-Cara habe aus Liebe zu ihr sich in ihrer Muttersprache unterrichten lassen; worauf sie ihre Blödigkeit schalt, nicht wie sich's gebührte antworten zu wollen.

Ohne sich im Mindesten zu zieren und wirklich mit der höchsten Würde sagte sie ein paar deutsche Worte: wie sie die Sprache liebe, daß sie sie eigentlich noch gar nicht sprechen könne, daß sie aber hoffe, es einst so weit zu bringen.

Sie sprach ungefär so gut deutsch als Du italienisch; es klang aber in ihrem Munde durch ihre Anmuth und edle Dreistigkeit wie eine ihr eigne Sprache, herzlich, ja melodisch zugleich. Diese ihre Anmuth und Grazie, ihre Majestät und die Begeistrung ihrer Augen, der Ambraduft ihrer Locken gaben ihrem ganzen Wesen etwas Zauberisches, das keiner begreift, der die Göttliche nicht geschaut.

Jetzt winkte sie ihren Frauen, die erwartend hinter dem halb gehobnen Teppich der Thüre standen, und sie traten, viele Körbe tragend, heran. Ich erfuhr, sie gehe jetzt ihrem gewöhnlichen Morgenzeitvertreib nach und der Speisung alles bunten Gefieders auf der Platteform eines weit vorragenden steilen Felsens, der uns rechts geblieben war beim Heraufsteigen. Sie ließ mich durch Magdalene fragen, ob ich mitwolle; mir war nichts willkommner.

Auf der weiten Platteform des Felsens angelangt, wo zugleich ihr Lieblingsplatz (in einem Walde von herrlichstem Gewächse, in porzellanenen und goldnen Vasen), nahm sie eine Klingel und kaum ertönte die, so rauschte es die Felsen aufwärts, vom Schloßdach und den Gewächsen der Terraßen her, und durch die Wälder so weit man hören konnte, als käm' ein Sturm herauf.

Ich sage Dir, beste Schwester, die Luft verfinsterte sich ordentlich – solche Schwärme der schönsten geflügelten Geschöpfe, als die Welt trägt, kamen dahin. Zuerst die Papageyen und Paradysvögel, deren Glanz fast das Auge blendete. Die Papageyen setzten sich umher und rückten ordentlich geschlossen an, das tollste Zeug schwatzend. Die Paradysvögel drängten sich gleich am Nächsten um Satischeh-Cara, und viele setzten sich ihr auf Arm und Schultern. Einen, der ihr Liebling war, nahm sie auf den rechten Zeigefinger und beglückte ihn zuerst, und dann ebenso einen gewissen grauen Jacot, dann nahm sie in jede Hand einen flachen Korb voll Futter und warf es* aus in die frohen Schaaren. Zirka hundert (gewiß über tausend) Pfauen verscheuchten augenblicklich die kleinern Vögel, die sich aber bald wieder vordrängten. Ein himmlisches Schauspiel gewährten die Schwärme von Colibri's, die wie Bienenschwärme summend ankamen in allen Farben des Regenbogens; wir alle waren davon auf fünf Minuten ganz bedeckt. Zuletzt kamen alle Arten von Hühner und Fasanen an. Mir hatte sie auch Körbe zu reichen befohlen, und so stand alles unaufhörlich beschäftigt, diesem schönen Geschlechte zu schenken. Nach einer Viertel-

---

* Im Original: »sie«.

stunde* ungefähr klatschte alles in die Hände, und im Nu war das ganze wüthende Heer auf und davon. Satischeh setzte sich auf ihren Lieblingsplatz, der am äußersten Ende dieser Platteform rechts liegt und auf das romantischste und reitzendste von den Kronen hundert Fuß hoher Palmbäume beschattet wird, die am Fuß des steilen Felsens, aber doch noch auf dem Abhange des Schloßberges wachsen. Kostbare Teppiche bilden den Weg aus dem Pallast dahin. Der Boden des Platzes aber ist das herrlichste Gras der Welt, reiner und kostbarer als der schönste Teppich, denn keine Färber […]** ich, dies Grün nachzuahmen. Ein Baßin von purpurinfarbnem Marmor oder Jaspis ziert die Mitte, und ein kühlender Brunnen springt mannsdick und hoch in einer Jatte von Lapislazuli oder ganz ähnlichem Stein, die zwanzig Fuß im Durchmesser hat. Umher sind auf das grazioseste Rasensitze, Marmorbecken und ein goldnes Ruhebette, mit rothen Shawls behangen und gepolstert, unter den dicksten Büschen von Rosen und den auserlesensten Blumen dieser seeligen Himmelsstriche angebracht, die zugleich die schönen, nicht minder kostbaren Gefäße des schönsten Marmors aller Art noch verschönen, indem sie sie verstecken und umranken. Breitblätterige, schattenreiche Gewächse vom schönsten Saftgrün entsteigen diesen Gefäßen, sich droben wölbend, mit tausend bunten Ranken verbunden, fast alle zur Höhe von zwanzig bis dreißig Fuß. Den Raum zwischen diesen grünen Gewölben und den Blumen unten füllen Fruchtbäume und Sträucher, die einen Fremden nothwendig zum verzappeln bringen müssen. Dickes

* Im Original: »1/4 Stunde«.
** Ein Wort unleserlich.

Palmengarten auf Borneo

Grün begränzt diesen Platz, und dichte Laubgänge führen mehrere von der Fürstinn Gemach dahin. An den ungeheuren Blättern der Palmengipfel, sowie auch an vielen schlanken Stämmen dieses Platzes, sind große güldne Reife befestigt, auf denen viele Aug und Ohr entzückende Vögel, auch wohl ganz kleine küssenswerthe Affen und dergleichen sich wiegen. Ein goldnes Netz, an den Palmenkronen und eignen Pfählen befestigt, überspannt das Plätzchen und malt sich herrlich auf dem Azur des Himmels – zugleich die zarten Blüthen und Früchte vor dem diebischen Geflügel bewahrend.

Die erste Aussicht der Welt auf den in vielem Golde prangenden Pallast, den üppig bewachsnen Felsenberg mit den bizarren aber schönen Basreliefs hier und da, auf die herrliche Stadt, [den] Berg und die vielen Schiffe, die reichen, fast ganz mit Pallästen und Gärten besetzten Ufer und das schöne Land mit den majestätischen Straßen und die ungeheuren Gebirge macht diesen Platz zu etwas durchaus Einzigem, was keine Einbildungskraft fassen kann, und eigentlich fast zu viel für diese Welt ist. Den Zauber vollendet Satischeh-Caras holdseelige Gestalt und ihre entzückende Engelsstimme und der Ton ihrer Laute!!!!!!

VI. Orientalisches Hofleben

Dieser ganze vorspringende Felsen erhebt sich etwas über das Dach der niedrigen Theile des Schlosses, zu welchem auch Satischeh-Cara's Gemächer gehören, wo das Gebäude nur von eineinhalb Etagen ist, welche aber sehr groß sind. Die Aussicht ist also nirgends beschränkt, und der westliche Theil des Schlosses, der die goldne Halle genannt wird und über hundert Fuß hoch ist – also weit über den Horizont des Plätzchens ragt –, macht die Gegend nur reitzender. Ein Geländer von weißem Marmor schließt es ein.

Nach diesem Platze ging die schöne Fürstinn, und ich folgte ihr nur, um mich zu beurlauben und ihr für den herzlichen gütigen Empfang zu danken. Sie entließ mich mit ihrer ganzen Leutseeligkeit auf Wiedersehen. Magdalene führte mich nach meiner Wohnung, welche im südlichen Theile des Schlosses lag, und wohin wir durch die goldne Halle und einen Theil der inneren Höfe und Gärten gelangten. Obgleich wir gut zu gingen, brauchten wir starke zehn Minuten, um dorthin zu gelangen; wir mußten gewiß ein Viertel Weges zurücklegen.

Ich habe nach einem später gesehenen Grundriß den Plan vom Schloß gezeichnet, worauf Du leicht meine Wohnung finden wirst. Sie ist in den sogenannten inneren Gärten gelegen und gehört zu einem neugebauten Haufen hübscher freundlicher Häuser, die für den alten Bischof (den der König zuerst in jenem Thale sah und der jetzt Patriarch des Reiches und ein sehr ehrwürdiger Greis ist) und für die Hofgeistlichkeit bestimmt ist. Es ist eine Art von Kloster, aber frey und freundlich. Meine Zimmer waren dem Schlosse zugekehrt und waren – in Erwartung des europäischen Taufzeugen – sehr schön meublirt worden, mit den prächtigsten Stoffen behangen, voll Divans und der göttlichsten Etablißements […],* welche denn auch in Zeit von zwanzig Minuten so gut als möglich bereits eingerichtet

* Ein Wort unleserlich.

waren. Vor meiner Thür erstreckte sich ein Rasenteppich, durch die himmelhohe Waldung der innern Gärten dicht begränzt, mit einem kleinen Springbrunnen versehen.

Als wir angelangt waren, sagte mir Magdalene, sie könne mir aus aller der unzähligen Dienerschaft des Königs keinen schaffen, der Deutsch könnte wie sie und ich, aber es seyen seit den drei Jahren, daß des Königs Bekehrung begonnen, mehrere Engländer, Spanier, Portugiesen und Holländer aus Indien und den Inseln in des Königs Dienst als Kämmerlinge, und ich möchte unter diesen meinen ersten Kämmerling wählen. Das andre nöthige Prachtgefolge, aus hundert Persern, theils aus Großen des Reichs, theils aus Kämmerlingen, Kämmerern, dienenden Männern und Kindern etc. bestehend, sey bereits erkohren.

Ich antwortete ihr, ich könne nur Englisch von alledem, also müßte sie mir selbst einen von diesen wählen; das war sie dann zufrieden, besonders aber ich, als ich erfuhr, daß der eine Engländer etwas Deutsch spreche. Ich machte bald seine Bekanntschaft, die mir sehr viel werth ist, weil [ich], gar nicht wie ich fürchtete, einen Aventurier in ihm fand, der Fortüne zu machen an Rußang-Gehuns Hof gekommen war. Er hieß Harry George und war ein schöner Mann von Vierzig. Nachdem mich Magdalene verlassen und Harry mir mit allen Chicanen meinen Hof vorgeritten hatte, zog ich mich mit ihm zurück und ließ mich von der Lage der Dinge unterrichten. Es wären auch seit einem Monat mehrere englische und deutsche Geistliche aus Indien angelangt, von denen, wie natürlich, Magdalene noch nichts wissen konnte. Da ich erfuhr, daß sie mit dem alten Patriarchen und den Geistlichen der Gebirge dicht nebenan wohnten, ließ ich mich von Harry zu ihnen führen, und so brachte ich wohl

Orientalische Maske

Figurenskizze in orientalischer Gewandung

drei Stunden im Gespräch mit dem Patriarchen und den Teutschen und Engländern hin.

Danach kam Magdalene, mich im Nahmen des Königs zu einem Gange mit ihm einzuladen. Ich fand ihn mit Satischeh-Cara in den Gärten, unter einem mächtigen Sonnenschirm wandelnd. Sie gingen nach dem südlich gelegenen Pallast der Mutter des Königs (die aber tot ist), um von seinen Terraßen (von wo man den hochgelegenen Theil der Stadt Borneo und die südlichen Thäler übersieht) den Zug der fremden Könige ankommen zu sehen.

Bald ertönte der Klang der Pauken und Posaunen und aller Art Instrumente daher, wir sahen einen mächtigen Zug von Elephanten und glänzenden Leuten heraufkommen – ein herrlicher Anblick!

Oben im Pallast stellten sich unterdessen die goldglänzenden Trabantenschaaren des Königs [auf], und die an siebenbis achthundert Schritte lange goldne Halle war mit dem pompeusesten Gewimmel gefüllt.

Sie zogen grade den Thalrand des Stromes herauf. Aus den Thoren der Stadt strömte eine unzählige Menge Volks jubelnd ihnen entgegen und mit ihnen die breite Straße, am Rande des Pallasts und seiner Gärten, herauf. Als sie sich näherten, verließen wir alle die Terraße und gingen in den Pallast der verstorbenen Königinn, wo der König sein Ornat anlegte, den goldnen Mantel, die goldne Krone und das Scepter, alles mit den ungeheuersten Edelsteinen besetzt. Satischeh-Cara ward ein Paradysvogel, dessen Leib ganz aus farbigen Brillanten besteht, mitten auf ihr Stirnband gesteckt und ihr ein mächtiger weißer Schleyer umgehangen. Mir ward ein reicher Purpurmantel, desselben Schnitts als der königliche, über die Schultern gehangen, und nun setzte sich der König auf einen goldnen Tragsessel und ließ mir sagen, er bäte mich, den Platz heut' einzunehmen, der seinem Sohne gebühre, wenn er einen hätte. Dennoch folgte ich ihm neben Satischeh, wie sie in einem Tragsessel von Alve und Perlen.

Eine ungeheure Masse von Menschen wogte auf unsrem Pfade, und wahr ist es: die Pracht dieses Hofes übersteigt alle Beschreibungen des Bagdader Hofes in Tausendundeiner Nacht. So zogen wir durch die innern Gärten, in welchen Tanz und Musik die Größe des Königs feyerten.

Die holde Fürstinn schien keinen Theil an der Freude zu nehmen, denn ihre Seele war zu voll von der morgenden Feyer.

Wir gelangten durch die hintere große Pforte in den Reichs-saal, der der Haupttheil der goldnen Halle ist – hundert Fuß hoch und breit, und über zweihundert Fuß lang, mit Teppichen von den entzückendsten Farben, reich an Edelsteinen behan-gen, und dessen Dach aus einem purpurnen Zelt besteht, das durchsichtig gegen den hellen Himmel, wie das Morgenroth, in den Saal scheint. Über des Königs Thron, der auf zwanzig Stu-fen ruht, erheben sich sechs goldne, sehr künstlich gearbeitete Palmen, vielleicht fünfzehn bis zwanzig Fuß hoch, bis oben mit Juwelen geziert. Eine Diamantsonne steht hinten, grade wo des Königs Haupt ist, und das Wappen des Reichs, ein drei Fuß dickes goldnes Erz, ein Roc-Ei* vorstellend, schwebt über dem-selben. Aber in der Kuppel des Saals hängt an goldnen Ketten ein wirkliches Roc-Ei*.

---

* Im Original: »Rockey«.

शारिणि. कारा
एणेल : सोणिरा : लंबेणा :

Satisheh Cara, Königin von Borneo

Satischeh-Cara, Königin von Borneo. Profil

Satischeh-Cara, Königin von Borneo. Profil, Vorstudie

Satischeh nahm rechts auf azurnem Polster Platz und ich mußte mich links setzen, nur sieben Stufen vom König ab. Geradezu waren fünf Throne aufgeschlagen für die fünf anerkannten Könige, seine Vasallen.

Wie ein demantner Kreis umgab uns am Fuß des Throns der Hofstaat. Wohl eine Viertelstunde* dauerte des Zugs, der den Königen vorherging; endlich erschienen alle fünf auf einem mal im großen Hauptthor des Saals und blieben wie erstarrt ob der Pracht und Herrlichkeit stehen. So sollte es seyn, und ich sah die Freude auf Rußang-Gehuns Gesicht. Der stand auf und ging ihnen entgegen, sie freundlich bewillkommnend und umarmend. Alle thaten ausnehmend unterthänig, nur Brunninghir, der König von Banjer-Maßin, betrug sich stolz und herrisch. Ihm – als dem mächtigsten Vasallen – wies Rußang-Gehun den Mittelplatz an. Rechts von ihm setzten sich die Könige von Succadana und Sambas, links die von Landak und Suolo. Rußang-Gehun hielt nun mit der höchsten Würde eine Rede, worin er sie zur Eintracht und Einigkeit ermahnte, ganz kurz die Geschichte des letzten Jahrhunderts** von Unordnung und Willkühr berührte und endlich seinen festen Willen zu erkennen gab, Ordnung und Frieden auf Borneo zu halten – und müßte es mit dem Schwerte geschehen. Darauf zeigte er förmlich an, daß er das Evangelium bekenne und morgen die heilige Taufe empfangen werde. Er forderte ausdrücklich Aufnahme und unbedingte Duldung der Christen und gleiche Rechte für sie, pries den Glauben, der ihn seinem trägen Leben in seinem hohen Alter entreiße und ihn stärke, alle Kräfte seiner Seele und alle Macht seines Reichs zu

* Im Original: »1/4 Stunde«.
** Im Original: »Jahr 100.«.

[ge]brauchen, um seine Pflichten als Mensch und Herrscher zu üben.

Diese Worte sprach [er] mit der ganzen Gewalt seiner schönen Stimme; und dies sprechend, erhob er sich majestätisch, und alles stand auf und schwieg.

Er lud nun die Könige und Fürsten (deren letztere, gegen sechzig gewiß, auf niedrigeren Sitzen zwischen den sechs Thronen und in den goldnen Säulenhallen des Saals gesessen hatten) zum großen Banquett ein, welches in dem sogenannten Mondhof, unfern des Reichssaals, bereitet war. Dieser Hof ist mit ganz versilberten, mit silbernen Spiegeln gedeckten Gebäuden umgeben. [Als] Rußang-Gehun aus dem Saal trat, nahm er mich bey der Hand und stellte mich den Königen vor, erzählte die Ursach meines Hierseyns und nannte mich ihnen »Feriduhn«. Diesen Irrthum ihres Vaters benutzte Satischeh und sagte mir, ich müsse ihr erlauben, mich immer »Feridoun« zu heißen, da es fast eben klänge als mein Nahme, und der zu schwierig für sie sey. Obgleich ich nachher oft »Fritz« als noch leichter vorschlug, blieb's beym »Feridoun« oder gar »Firnaz«, wie eine alte Sage den Schutzgeist des königlichen Hauses nennt, der einst auf Java, am wundervollen Rosenbrunnen eine Königstochter dieses Stamms aus grausamer Zaubrer Klauen rettete. (Dies ist der Rosenbrunnen, dessen Wasser wir vor dem Landen tranken und dessen Wunderkraft sich an uns bewährte).

Das Fest war königlich. Der dem Saale nächste Theil des Hofes ist wohl vierzig bis fünfzig Stufen höher als der andre. Da oben war um ein köstliches grünes Gefäß, in welchem dunkelrother Wein fünf Ellen hoch sprang, auf das eleganteste die königliche Tafel gedeckt, mit den kostbarsten Gefäßen, wahre Kunstwerke

Brunninghir, König von Banjer-Maßin. Ganzfigur

für die Form und Schätze für den Werth der Materie und der Edelsteine. Auf flachen Polstern lagen die Herrscher umher, ich links des Königs, Brunninghir rechts, und rechts von mir Glionluk, der König von Sambas. Schwärme von Dienern und Hofchargen etc. umgaben uns. Harry George stand hinter mir als meine Hülfe und mein Dolmetscher in dieser Fremde. Posaunen, Cymbeln und Pauken und alles Blasende und Streichende erfüllten die Dächer silberner Platteformen – in zwölf Chören abwechselnd spielend und singend.

Noch eh' man sich setzte, war Satischeh-Cara mit hundert Frauen in ihr Gemach gegangen, Magdalene sagte mir beym Weggehen: »Auf Wiedersehen in vier Stunden«. Das tröstete mich einigermaßen; aber doch soll ich ganz zerstreut und zerstört während des Festes ausgesehen haben. Mir wurde's mit jedem Moment deutlicher, ich sey entsetzlich verliebt.

Das ganze endlose Gefolge der Könige und Fürsten [befand sich] bey an hundert Tafeln unten im Hof, deren jede prächtiger war gewiß als Napoleons Staatstafel [...]*. Der schmale hohe Theil des Hofes, wo wir saßen, war ganz erfüllt mit den Fürsten, die eine Musterkarte aller Formen und Farben des menschlichen Geschlechts dieser Himmelsstriche lieferten.

Niemals hat mir ein Mahl so schlecht geschmeckt als dieses. Ich war halb in einem gezwungenen, halb in einem abwesenden Zustand, und es gab lauter exotische Speisen, denen ich keinen Geschmack abgewinnen konnte. Die Früchte waren köstlich, das ist wahr, und an die hielt ich mich. Drei Stunden dauerte das Gelage, wobey es übrigens gesprächiger unter den Herrschern

---

* Ein Wort unleserlich.

zuging als ich glaubte. Nach Tisch führte der König die fünf Herren, von mir begleitet, in ihre Wohnungen. Unterwegs sagte er ihnen, er habe für ihre Unterhaltung und königlichen Empfang auf seinen Lustschlössern gesorgt, und er hoffe, sie werden an Jagden, Tänzen und Schauspielen allda alle Kurzweil finden, da er wünsche, sieben Tage hindurch von der morgenden Taufe an gerechnet, ein ruhiges und eingezogenes Leben zu führen. Am siebten Tag hoffe er, sie wieder von dort abzuholen; für heut' bat er sie aber, in diesem Pallaste zuzubringen. Alle versicherten, es sey ihr Glück, seinen Wünschen zuvorzukommen, nur der von Banjer-Maßin schnitt ein Gesicht und schwieg. Ihn führte Rußang-Gehun in seiner verstorbenen Mutter Pallast, und die vier andern in einen […]* Theil des Pallastes, der nicht bewohnt wird für gewöhnlich, und der sich jenseits der großen Straße die die Herren am Morgen heraufgekommen, um einen kleinen See erstreckt, der aber der große See heißt – im Gegensatz eines kleinern, der vor Brunninghir's Wohnung lag. Nachdem er jeglichem seine Gemächer gewiesen und die weiten prächtigen Hallen durchschritten* waren mit ihnen, begann es zu dunkeln, und alles setzte sich wieder in Bewegung nach dem Mondhof, wo das Fest dauerte. Schaaren von Tänzern und Tänzerinnen eröffneten den Zug. Millionen Lampen und bunte Laternen brannten in den Wäldern der innern Gärten; man hörte kaum sein Wort vor dem Schalle der Instrumente. Als es dunkler war, brannten Chinesen viele Feuerwerke um die Seen und Bassin's ab. Im Mondhof ward im oberen Theile mit schönen Decorationen »Sacontala«[21] aufgeführt. Gegen halb neun Uhr

---

* Ein Wort unleserlich.
** Im Original: »durchstrichen«.

ungefähr balgten sich hundert Urang-Utang's und erregten ein gewaltiges Gelächter. Der König nahm eigentlich gar keinen ordentlichen Theil an diesem Treiben, sondern entfernte sich öfter und hatte sich vor diesem letzten Schwank schon zurückgezogen.

Die fünf Könige hatten sich durch die Gärten zerstreut, und jeder [wandte] sich dem zu, was ihm beliebte. Alles war froh und vergnügt, und wie Sturm erfüllte das Jauchzen der Menge die Luft. Brunninghir war bald ganz verschwunden. Er schien mich sehr zu hassen, da Rußang-Gehun oft mit Fleiß meiner – und seiner Freundschaft für mich und mein heldenmüthiges Volk – erwähnt hatte. Bey den andern hatte es die erwünschte Wirkung gethan und den Glauben hervorgebracht, daß Preußens ganze Macht dieser Freundschaft dienstbar sey – während er [Brunninghir] mir auf Mittel des Verderbens sann. Gleich nach neun Uhr waren die Fürsten alle in ihren Pallästen, wo der Jubel von neuem anhub, aber nicht mehr bis in den innern Pallast drang. Da erscholl von der Zinne des großen Schloßthurm's am Mondhof auf einem Gonggong das Zeichen der Ruhe für diesen ganzen Theil der Gärten, und im Augenblick war alles still. Und nun sprengten Herolde in alle Theile der mit Fackeln und Laternen erleuchteten Stadt hinab, eine königliche Proclamation abzulesen, die feyerlich dem ganzen Volk die Bekehrung des Königshauses anzeigte, das Volk zur Nachfolge aufforderte, die Sclaverey und den Sclavenhandel abschaffte, sowie auch die Begrüßung des Monarchen durch Anbeten, wogegen für die Heyden das Beugen eines Knie's befohlen ward. Zugleich ward das Volk zur Stille für diese Nacht ermahnt, da sie das königliche Haus in Gebeten zubringen werde.

VII. Die Empörung

Ich ward zum Könige gerufen, wo Satischeh-Cara bereits mit Magdalene und ihren liebsten Gespielinnen theetrinkend saß. Ich that wie sie, und so harrten wir unter vielem Gespräch des Königs Ankunft, die nach einer halben Stunde erfolgte. Er und alle waren ganz einfach weiß gekleidet, ganz leedig des ungeheuren Schmuckes, der sie bedeckt hatte, und den ich Dir noch selbst einst zu zeigen hoffe, theuerste Charlotte, und deswegen größtentheils mit Stillschweigen übergangen bin.

Magdalene erzählte gerade ihre Abentheuer en detail, und so erfuhr ich denn, daß sie in Frankfurth schon gehofft habe, mich zu sehen, daß aber bey ihrer Ankunft alles lange schon über'n Rhein gewesen, daß sie während der Affaire von [...]* Champenoise über unsren Häuptern geschwebt habe und, nach dem glücklichen Ende derselben, über Freund und Feind hinweg, nach Paris geflogen sey, daß sie die Troubles benutzt habe, ihren Luftrossen ein Obdach im Wald von St. Germain zu schaffen etc.

Der König ging mit uns hinaus auf die Terraße, wo wir die göttliche balsamische Nachtluft wohl eine Stunde athmeten, in Erwartung des Patriarchen, der die Andacht die ganze Nacht hindurch leiten sollte.

Er kam, und mit ihm zwei sehr verschiedene Bootschaften. Nähmlich es begleitete ihn ein Abgesandter vom König von Sambas, Glionluk, der dieses Königs Entschluß, sich zu bekehren, anzeigte und Lehre und Taufe verlangte.

---

* Ein Wort unleserlich.

93

Noch freuten wir uns alle der guten Folgen dieses Entschlusses, als die Stille, die über der Stadt herrschte (und die nur leise durch die Psalmen der sich auf die morgende Feyerlichkeit Bereitenden unterbrochen ward) plötzlich gestört ward durch wildes Geschrey und Jubel.

Rußang-Gehun sandte sogleich den Uzim (den Formosaner) mit hundert Trabanten weg, um dem Gesinde, von welchem er glaubte, es könne sich der Lust des Festes noch nicht begeben, zu schmählen. Da rauschte es aber in der Luft, und siehe, auf einem Luftpferd kam Imer, Magdalenens Bräutigam, ganz todtenblaß herauf und sagte, der König von Banjer-Maßin, der verrätherische Brunninghir, habe einen schwarzen Plan zum Sturz des Reichs und Aufbau seiner Macht geschmiedet, habe sich vom Feste weg zur großen Pagode des Indra in der obern Stadt gestohlen, wo ihn die mißvergnügten Brahmanen erwarteten, habe das von ihnen im Geheimen aufgereizte Volk angeredet, dem Coran abgeschworen und gelobt, Brahma mit sich wieder auf den Thron von Borneo zu setzen.

Leider hatten Satischehs Frauen, die zur Beetstunde bereits versammelt waren, dieses gehört. Es entstand also ein gräulich Geheul und Wehklagen, sie rauften sich die Haare und eilten auseinander, im ganzen Pallast Angst und Schrecken verbreitend. Rußang-Gehun, obgleich hart betroffen, [be]nahm sich edel und so gefaßt als ihm möglich. Sein erstes war, den zurückeilenden Uzim zum König von Sambas zu schicken und diesem sagen zu lassen, es sey Zeit, die Wahrheit seines Anerbietens zu bezeugen, indem er Treue an ihm übe; nachher sollte er auch zu den drei andern Herren eilen und sie zur Hülfe auffordern.

Satischeh-Cara hatte starr dagestanden fünf Sekunden, dann – ohne der fliehenden und schreienden Frauen auch nur mit einer Mine erwähnend und schauend, daß ihr Vater nicht den sichersten Weg einschlug – sprach sie hastig zu Imer, er solle wieder hinunter und alle Luftrosse waffnen und bemannen. Denn als der König noch immer seine Befehle an Uzim gab, und nicht aufs Schnellste, ergriff sie meine Hand, und halb selbst, halb durch Magdalene sprechend, bat sie mich – nein! mit einem Ton und einer Mine und einer seelenvollen Stimme!!! – ich möchte mich an die Spitze der luftigen Reiterey setzen und auf die Rebellen niederstürmen; das sey das wahre Mittel zur Rettung. Ich schwang mich hinter Imer sogleich. Im Nu waren wir unten an der Wasserstraße, bey den Roc-Ställen.* Unter den geschickten Händen von tausend Dienern waren die Luftrosse in kurzer Zeit gesattelt, und ich und Imer an der Spitze – alle […]**, Pfeile und goldne Schilde tragend – erhoben uns beym Klang des bekannten alten Schlachtrufs. Mit betäubender Schnelligkeit stoben wir über die goldnen Dächer des Pallastes dahin. Satischeh winkte mit einem weißen Tuch Gruß und Seegen zu. Und so erhoben wir uns so hoch, daß wir genau sehen konnten, daß ein wilder Haufe von der großen Pagode her mit gräulichem Getöse die Straße nach dem Pallast herauf zog. Brunninghir, in Gold und Purpur an ihrer Spitze, von Brahminen umgeben, [befand sich] vor dem großen […]** Thurm, auf welchem Indras Bildsäule saß […]** – ring's umher hunderttausende blinder Heyden allen Alters und Geschlechts, mit Knitteln und Stangen bewaffnet, von dem reizenden Haufen der

---

*   Im Original: »Rockställen«.
** Ein Wort unleserlich.

95

um den Götzenwagen singenden und tanzenden Bajaderen zu Muth entflammt.

Als wir dies sahen, stürmten wir nieder und warfen unsre Feuerbrände auf den hölzernen vergoldeten Götzenthurm, der bald in hellen Flammen stand. Ein gräßliches Geheul entstand, vermehrt durch unsren Schlachtruf und den Ton ungeheurer Hörner der Unsrigen. Ein beherzter Haufen von des Königs Trabanten stürzte sich jetzt aus dem Pallast auf die Rebellen zu, die nur noch dieses Stoßes bedurften, um ihrer Flucht eine Richtung zu geben. Brunninghirs Trabanten, die Brahmen, die Bajaderen und alles Volk floh in buntem Haufen der Pagode zu. Nun öffneten sich auch die Thore des südlichen Pallastes, wo die fremden Herren wohnten, und jeder mit seiner Leibwache kam heraus und half verfolgen. Ein lautes Murren entstand in der Schaar der Treuen, in der Luft und auf der Erde. Wir ließen uns schleunig nieder, und ich ließ die Herrn ernstlichst bitten, die Verfolgung zu übernehmen, da wahrscheinlich Rußang-Gehun seine Gnade werde walten lassen. Gegen den König von Sambas wurde ich in meiner Siegerstimmung ordentlich grob und ließ ihn recht dringend auffordern, sich doch bald im Glauben belehren zu lassen, damit er in ähnlichen Fällen lerne, zu rechter Zeit seines Pallastes Thore [zu] öffnen zur Rettung des Reichs und seines Oberhauptes.

Da dieser Fürst wahrscheinlich durch seine Bekehrung zu einer Stufe hoher Gunst zu gelangen hoffte und alles darauf berechnete, nahm er meine Unart ruhig auf als jemand, der gutes Gewissen hat, und that sehr treu und ergeben, fernere Beweise versprechend. So machte ich ohne Mühe meinen Frieden. Die andern ließen Rußang-Gehun ihr Bedauern wissen, nicht mehr für ihn thun gekonnt zu haben, und zogen gleich ab auf die für sie bestimmten Lust- und Jagdschlösser, eine Tagereise um Borneo. Glionluk ist am Morgen gefolgt.

Der alte Patriarch mit der ganzen Geistlichkeit – alle weiß gekleidet, mit goldnen Ceinturen in pratificalibus, mit dem Kreutz und den Heiligthümern und Fackeln – hatte den heldenmüthigen Entschluß gefaßt, auf der Schwelle des Pallastes zu fallen, da doch kein Heil auf Erden ihm erblühen konnte, fiel Rußang-Gehun und sein Haus. Jetzt hatten sich viele tausende flüchtiger Heiden unter ihren Schutz begeben (die alle nachher der Kirche gewonnen sind), und als wir siegreich, mit lautem Jubel begleitet, in den Bezirk des Pallast[es] zurückkehrten, ertönte ihr »Halleluja« wie Gesang der himmlischen Heerschaaren durch die Lüfte.

Brunninghirs Thiare oder Krone wurde mir gebracht, sowie auch zwei Schnüre Perlen von ihm. Er selbst war aber nirgend zu finden. Noch hatten wir nicht den inneren Garten erreicht, als Uzim im Staatsaufzuge an uns vorüber eilte, um gänzliche Verzeihung allen Rebellen, ja sogar dem verrätherischen Könige zu verkünden.

Rußang-Gehun, den ich an dem Ufer des kleinen See's traf mit seiner göttlichen Tochter, ihren Frauen und vielleicht tausend Bewaffneten, überreichte mir mit den schmeichelhaftesten Worten einen überaus reichen Säbel, den ich aber mit Erröthen zurückwies. Als Satischeh mir mit himmelan entzückender Art und Stimme [begegnete], sagte ich ihm ganz [Dank] von mir, dies sey schon viel, viel, viel zu viel. Und er, statt zu nöthigen fortzufahren, schien über dies recht innerlich zufrieden und sagte mir, er wünsche sehr, daß ich doch einst dies Ehrenzeichen aus seiner Hand empfangen möge. Ich glühte wie ein Ofen und wußte nichts zu antworten.

Er bat mich nun, mich zur Ruhe zu verfügen, da es gleich Mitternacht sey und ich nach dieser Reise und diesem Tage der Ruhe und für den morgenden Tag neuer Kräfte bedürfe. Ich wollte es aber durchsetzen und bat es als eine Gnade, dem nächtlichen Gottesdienst beyzuwohnen.

Der begann grade um Mitternacht in dem innersten Hof, den man den Hof der Sonne heißt, weil er ganz vergoldet und mit Sonnen geschmückt ist. Die Mitternachtshymne war mit Gebeeten vermischt, von allen (wohl auf den Gesang eingeübt) gesungen und nachgesprochen, war über alles erbauend. Meine schwache Menschlichkeit erlag aber der Ermüdung, und nach[dem] eine Stunde um war, lag [ich] unter der ganzen knieenden Menge, schlafend. Als der Chor von neuem einfiel, erwachte ich, und um nicht zu stören, empfahl ich mich, von beyden königlichen Personen mit der höchsten Güte entlassen.

VIII. Taufe am Königshof

Als ich am andern Morgen erwachte, stand die Sonne schon hoch, und aus des Patriarchen Wohnung und den zu der ganzen kleinen Colonie gehörigen Häusern zu beyden Seiten des Daches und über den hohen Bogen der sie verbindenden Brücke und längs den Ufern des kleinen Sees zogen die Geistlichen und alles was von den Gläubigen der Gebirge hier war, in langen weißen Schaaren nach der großen Kirche oder Taufkapelle oder Baptisterium – wie Du's nennen willst –, die über der Quelle

Die Empörung der Vasallen

eines silberreinen Baches erbaut ist, der mit vielen Fällen an der goldnen Halle vorbey in einem tiefen aber grünen Thale fließt und zuletzt den Platz meiner Landung begrenzt, wo er in den Meerbusen fällt. Diese äußerst wasserreiche Quelle entspringt in derselben Höhe wie das Schloß liegt und war schon vor ur-alten Zeiten mit einem weiten Kreise ungeheurer Marmorblöcke umgeben, weil das Wasser, das auf dem Rücken der Höhe ent-springt, heilig gehalten wurde. Auf diese herrliche Grundlage, die einen Raum hundert Schritt und drüber im Durchmesser einschließt und selbst dreißig Fuß hoch und dick war, ist fortge-baut worden.

Noch war der Bau, der ein Weltwunder werden kann, nicht fertig. Hunderttausend Hände haben durch dreieinhalb Jahre* dran gearbeitet, aber noch war erst eine weißmarmorne Mauer, wohl achtzig Fuß hoch, fertig, mit eben so hohen, inwendig umherlaufenden Säulen, die noch nicht oben miteinander ver-bunden waren. Eine ebenfalls weißmarmorne Treppe aus fünf-undzwanzig schönen, breiten Stufen führt in's Innre des Tempels hinab, dessen Eingang astronomisch berechnet gegen Jerusalem liegt. Diesem gegenüber, auf dreißig Stufen von Blutjaspis, steht der Altar und ein mächtig Kreutz dahinter, mit einer demant-nen Glorie, die der König als seinen Schatz geschenkt hat – ein stupiedes Prachtstück.

Die Säulen sind unten und oben mit großen vergoldeten ehernen Seraphimköpfen geziert.

Harry George brachte mir als königliches Geschenk gleich beim Aufstehen ein langes weißes Kleid mit ebensolchem Man-

---

* Im Original: »3ten halb J.«.

tel, aus dem feinsten Wollenstoff, den die Erde trägt, mit einfach goldnem Gürtel und Schuh[en], nebst der dringenden Einladung, zu sich [zu kommen]. Unterwegs erfuhr ich, daß Brunninghir in der Pagode des Indra übernachtet habe, von des Königs Großmuth ganz zermalmt sey und heftige Reue zeige. Noch in der Nacht habe ihm daher der König Krone und Halsschmuck zurückgesandt. Ich wünschte, es möchte dem König wohl bekommen. In Rußang-Gehuns Zimmern angelangt, fragte er mich durch Magdalene in Satischehs Nahmen, welches der schönste und bedeutendste teutsche Nahme sey. Mit diesem wollte sich die holde Fürstinn taufen lassen, da sie mich als den Stellvertreter meines ganzen hochherzigen Volks ansehe. Ich verbeugte mich tief, freute mich unaussprechlich über diese hohe Ansicht, dachte aber daran, wie viele dieses hochherzigen Volkes wohl die unschätzbare Ehre anerkennen würden, die ihm durch diesen schönen Entschluß der schönsten Tochter dieser Erde werden sollte. Ich deliberirte noch mit Magdalene, als Satischeh in ihren langen schneeweißen Schleyern hereintrat, wie eine Heilige anzusehen. Nach den ersten Begrüßungen sagte sie mir, »Maria« wolle sie getauft und genannt seyn, aber sie wünsche, mit ihres Vaters Zustimmung noch einen Nahmen zu tragen, an dem zu erkennen sey, daß einer von Teutschlands Fürstensöhnen ihrer Taufe Zeuge war.

Zu meiner großen Freude entschied sie für »Adelheid«, als ich ihr die edle Bedeutung dieses Nahmens erklärt. Magdalene schrieb den Nahmen in Sangscrit nieder für den Patriarchen, und nun machte sich alles ganz stille auf nach dem Hause des Heiligen Geistes, wie der Tempel genannt war. Eine unzählige Menge wogte um das Heiligthum, über alles erstaunt über den einfachen Aufzug des Königs, von dem die Heyden Wunder erwartet hatten. Der König war grade wie ich gekleidet, nur trug er die Krone auf dem Haupt. Wir alle waren mit entblößtem Haupt, alles weiß, wie auch die ganze Geistlichkeit (auch die drei deutschen und drei englischen Herren), alle Frauen verschleyert.

Ich war wie versteint über die Majestät dieses unfertigen Gotteshauses, welches schon ganz erfüllt war mit der Menge der Gläubigen.

Ich schritt vor den zwei Königlichen her mit sechs Ältesten von der Gemein[d]e des Gebirges, die auch Taufzeugen waren. Im Thor der Kirche nahm Rußang-Gehun die Krone ab und legte sie auf die unterste Stufe des Altars an den Rand des weiten Wasserbeckens, in welchem die Quelle entspringt. Ein kleiner Plan des Ganzen wird Dir dies alles deutlich machen. Ein göttlicher leiser Gesang begann nun, der aber doch wie Donner schallte, durch die Menge der Hallen. Alle Täuflinge lagen während des ganzen Gottesdienstes auf den Knien. Der König selbst sagte den Glauben her, welchen alles einstimmig wiederholte. Epistel und Evangelium ward verkündet, drauf comunicirte der Patriarch und alle Geistlichen, die taufen sollten während einer Stille, die erlaubte, jedes Insekt fliegen zu hören. Dann fielen die Chöre leise wieder ein, worauf der König und alle Neubekehrten die Schuhe abthaten. Er zuerst stieg in das flache Wasserbekken, und, sich tief bückend, empfing er die Taufe und den Nahmen Melchisedec, ebenso die schöne Tochter Adelheid Maria. Über Dreihundert von des Königs und ihrer Umgebung empfingen auf einmal die Taufe, und nahmentlich Uzim mit dem Nahmen Amos und Imur mit Paul etc. Darauf empfingen wir den Seegen und entfernten uns. Im Lauf des Tages, sind noch an Tausend getauft worden.

IX. Liebesentscheidung

Dieser Tag war ein glücklicher Tag für mich. Der König verlangte, ich sollte den ganzen Tag bey ihm zubringen. Doch sah ich sie mehr als ihn. Und in ihrer Nähe war ich so überaus glücklich, wie Du mich nie gesehen, und wie Du mich nur sehen wirst, beste Schwester, wenn mir's gelingt, Papa zu überzeugen, und ich dann vom Rücken des Roc's in Deine Arme das schönste Weib der Erde führen kann!!!!!!!!

Vor dem großen Thore, welches in die goldne Halle führt, warf sich plötzlich einer aus der uns umgebenden Menge nieder und küßte Satischeh-Cara die Füße, die fast ohnmächtig vor Schreck ward. Der Mensch hatte sich schon in der Menge verlohren. Der König aber hatte Brunninghir doch erkannt.

Im Pallast angelangt, während Satischeh und ich auf der Terraße vor ihrem Gemach eine Niederlassung für den ganzen Tag bereiteten, Divans und Tische etc. zurechtlegten, sandte der König den Uzim zu seinem Bruder von Banjer-Maßin – wie er sich ausdrückte, ihn seiner Freundschaft zu versichern und ihm königliches Geleit anzubiethen, wohin er wollte. »Von der Freundschaft versreche er Proben zu geben, doch er wolle allein, und so unbemerkt als möglich, zuvor seine Staaten wieder erreichen« – dies war seine Antwort.

Der König nannte übrigens seine Tochter noch immer Satischeh-Cara, weil er sagte, also hätten alle erstgebohrnen Töchter der Borneoschen Könige geheißen – von den alten Zeiten her des Sacontala – und, so wolle er, solle auch ferner ihr Titel heißen.

Ich liebte den Nahmen schon unaussprechlich, mir war das also eine frohe Nachricht.

Satischeh-Cara bat mich, heut' ihre Rolle zu übernehmen und dem Geflügel seinen täglichen Tribut zu spenden, da sie das für ein zu weltliches Geschäft am heutigen Tage ansah. Ich übernahm es in tausend Freuden und ging mit Magdalene auf die Felsenplatteform. Als wir mitten im bunten Gewimmel der Vögel standen, sagte mir Magdalene mit einemmal recht schalkhaft: »Àpropos – es heißt in der ganzen Stadt und bis auf zwei Tagesreisen umher, Sie seyen verliebt in meine Königinn und sie würden bald ein Paar seyn. Aber …« – damit legte sie den Finger auf den Mund. Mir vergingen schier die Sinne und ich frug sie, wann denn ihre Krönung sey. »Aha!« war die Antwort »… und wann sie den Ring des Sacontala erhält? Nicht wahr? Das geschieht heut' um Mitternacht, nach der Feyer des Nachtmahls, doch ohne Gepränge. Von der feyerlichen Krönung und Huldigung ist noch nicht die Rede, bis daß sich der alte Herr von der Welt zurückzieht. Und das geschieht erst, wenn der Eydam gefunden ist.«

Jetzt fiel mir's centnerschwer auf's Herz, ich müsse Morgen spätestens heimkehren, wollte ich nicht alle Pflichten aus den Augen setzen. Ich ward desperat, und ohne mich länger halten zu können, bat ich um ihren Rath in dieser verzweifelten Lage. Ich fühlte zum erstenmale die Liebe – und das mit einer Gewalt, wie Wenige je sie fühlten. Ich glaub[t]e die Hindernisse unübersteiglich: meine Flamme würde mich verzehren; ich hätte mein Ideal gefunden und könnte mich nicht davon losmachen ohne einige Hoffnung; ich sähe, ein Borneo bedürfe eines Königs, und das könne ich auch nicht seyn; die Königinn könne keinen Fremdling lieben, den ihr doch eigentlich der Zufall durch die Lüfte zugeführt hatte; ich wisse, sie sey ein niegefundner Schatz von Weisheit und Tugend, das schönste und höchste Weib, das je die Erde getragen, die könne mich nicht wollen, und ich doch ohne sie umkommen etc.

Kurz, mein Schafert, denke mich gleichsam in einer recht argen Laune, beredt aus Desperazion, heulend und zähneklappernd.

Magdalene ließ mich toben und sagte dann ganz ruhig, ob ich heut' Morgen die rothgeweinten Augen der Königinn bemerkt hätte. Ich bejahte. »Nun denn, wissen Ihre Hoheit, daß es nicht sowohl das Gefühl ihrer sündlichen Natur war, welches diese Thränen erzeugte, sondern – aber stille, stille, – sondern das Gefühl, nicht ganz rein von irdischer Liebe zur Taufe zu gehen« – ! – ! – ! – Wie nun? O! Charlott!!!

Du wirst Dir selbst, besser als ich's erzählen kann, meine Fragen, meine Ungeduld, meine Seeligkeit denken können.

Erst nach einer halben Stunde kehrten wir beyde freudestrahlend zur holden Fürstinn zurück, doch ich verlegner als je in meinem Leben.

Nach einer Stunde ward gegessen an dem Wasserbecken, wo ich sie zuerst sah, wir drei, [ich,] der König und Uzim, ganz allein ohne Bedienung, so daß Magdalene und dieser die wenigen Speisen selbst trugen und wir alle zur Kurtzweil das goldne Geschirr im nahen Wasser wuschen. Vorher und nachher, während Satischeh abwechselnd las und schrieb und fromme Gespräche führte, schrieb ich mit Goldstift auf blauem Pergament Lieb-

lingssprüche, Verse etc. Magdalene schrieb sie dann in Sangscritt [als] Zeichen nach, welche ich copirte. Satischeh sprach
auch deutsch mitunter und lehrte mich einige Worte sowohl
Sangscritt als Malayisch reden.

In ihrem ganzen Wesen bemerkte ich aber eine gewisse Ungeduld und Erwartung, die ich mir nicht zu erklären wußte. Ich
wagte nicht zu fragen, und Magdalene schien sich an meiner
Neugier zu weiden, wenn ihre Herrin aufstand und forschend
in's Weite blickte. Endlich flog ein prächtiger taubenartiger Vogel, mit […]* Kopf, blau[en] und grünen Flügeln, purpurnem
Bauch und feuer- und goldfarbnem Schwanz in einen über uns
hängenden offnen Bauer.

»Da ist er ja!« schrie Magdalene froh und eilte, das Thier der
Fürstinn zu bringen. Um seinen Hals, an seidner Schnur, hing
ein hellgrünes Pergament, mit einer goldnen Kette und einem
blassen Rubin geschlossen.

Potsdamm
den 24. Märtz 1817

Theuerste Schwester! Weil Du's denn willst, aber mit schwere-
rem Herzen als ich's begann, setze ich diese Beschreibung meiner unglaublichen Begebenheiten vom April 1814 fort.

Ich sage, mit schwerem Herzen, weil die ganze Sache Dir
gleichgültig geworden zu seyn scheint – und zwar aus der übel-
sten Ursach: weil Du nicht dran glaubst!

* Ein Wort unleserlich.

Königspalast in Borneo

Vielleicht irre ich mich, aber der Schein ist ganz wider Dich, und die einzige Idee, daß Du Deinem so treuen und liebevollen Bruder nicht glaubst, daß Du ihm in dem nicht glaubst, was seinem Herzen am theuersten auf Erden ist, das beugt mich tief.

Die Folge dieser Geschichte (das hat keine Gefahr) wird Dir klar und deutlich die Wahrheit meiner Worte und Deine Ungerechtigkeit beweisen – und das zwar aus dem Zusammenhange, mit Dir wohlbekannten Umständen.

Aber schöner wird es seyn, wenn Du diese Überzeugung nicht erst eingebläut bekommst, sondern diese Dir selbst aus schwesterlichen Gefühlen giebst!!!

Doch zur Sache.

Das grüne Pergament mit seinem edlen, rosigen Schloß kam von meiner Königinn theuersten und treuesten Freundin, der Tochter Brunninghirs, Cornaly-Gush. Beyder Könige Mütter waren Schwestern und aus dem Stamm der alten Beherrscher des demantreichen Golconda. Brunninghir war von seiner Mutter unumschränkt beherrscht gewesen, und [ihm war] von ihr vermacht worden (vor fünfzehn Jahren, als sie starb), seine kleine Tochter zur Erziehung an seine Tante, die verwittwete Königinn von Borneo, zu überlassen.

Um dieselbe Zeit war auch Satischeh's schöne Mutter gestorben.

Sie war zu ihrer Zeit – wie jetzt meine Göttliche – das Wunder von ganz Südasien gewesen an Körper- und Seelenschönheit. Sie war eine Prinzessinn von Cashmir und von Rußang-Gehun in seiner stürmischen Jugend, da er einen großen Theil beyder Indien (d.h. diesseit[s] und jenseits des Ganges) durchirrte, gesehen, geliebt und entführt worden. Nachher söhnten sich beyde Höfe aus, und die prächtigsten Geschenke besiegelten die neue Freundschaft.

Satischeh war noch [ein] kleines Kind, als die schöne Mutter starb. Die Großmutter nahm sich ihrer Erziehung an, und so wuchsen beyde jungen Fürstinnen, wahre Zierden dieser Erde, zusammen auf. Vor sieben Monden mußten beyde die gute und kluge Königinn beweinen, und nun nahm Brunninghir seine Tochter zu sich nach Martapana auf der Südküste. Schon damals wollte er Satischeh's Vater nicht wohl und wollte auch alle Verbindung der Kinder gehemmt wissen. Die Freundschaft aber fand den eben erzählten Weg, der früher schon oft im Scherze versucht worden war.

Unter den Thränen des Scheidens hatten die zwei holden Kinder sich jedes ein Symbol gewählt und versprochen, es bei jedem Briefe anzubringen: Satischeh den Rubin und das Blau des Himmels (nehmlich den dunkelblauen Himmel ihrer Heymath) und Cornaly den rosigen Rubin und das Grün der Wiesen.

Seit der Zeit schrieben sie sich stets auf Pergamenten ihrer Farben und schlossen die Schrift mit ihrem Steine.

Ich war ganz seelig über die Entdeckung. Sie [Satischeh] setzte sich gleich an die Antwort, und ich sah sie mit Goldstift auf azurnem Blatte schreiben, währenddessen sie öfters mit Magdalenen ernste aber lebendige und vielsagende Zeichen wechselte, die auf den Inhalt der Antwort Bezug haben mochten, die ich aber nicht ahnden konnte.

Um nicht unbequem zu werden, entfernte ich mich während sie schrieb, und nun begann eine Promenade zum Malen oder zum Schreyen oder zum Todtlachen für Dich nehmlich.

Denn in wahrem glühendem Liebesseufzen und in Liebespein durchirrte ich die schattigen Gänge am Pallast, den Berg hinunter und herauf.

Das schöne abgedroschne Gleichniß von dem, der – von der Sonne geblendet – überall ihr Bild sieht, war vollkommen auf mich anzuwenden. Ich glaub', ich sprach oft laut vor mir – im Wahn, mit ihr zu sprechen. Denn nachdem ich wohl drei Stunden in den Wäldern, am Rande des Meeres und in den schönen Bergschluchten, wieder aufwärts geirrt war, schreckte mich eine Stimme dicht neben mir aus meinem halb verzweiflungsvollen, halb seeligen Traum. Es war Harry George, der mich schon seit einer Stunde suchte, da man mich vermißt hatte.

Es war schon dunkel. Am Horizonte verkündete ein heller Schein das nahe Aufgehen des Mondes.

den 11. Juny [18]17

Das ganze Land duftete so in der Kühle des Abends, daß ich halb ohnmächtig wurde (denn übermäßige Wonne und Schmerz gleichen sich so sehr in ihren nächsten Folgen!) Es war auf einem Waldhügel, nahe dem alten Pallast, wo mich Harry traf und mir versicherte, er würde mich nie gefunden haben, wenn mein lautes Sprechen mich nicht verrathen hätte.

Ich faßte mich allmählig und wurde so viel als möglich beruhigt, als ich erfuhr, mit welchem Antheil der König und Satischeh sich nach meinem Ausbleiben erkundigt hatten.

Ende

Palmenbucht auf Borneo

Kommentar

1 Charlotte, Prinzessin von Preußen (1798–1860). Die älteste Schwester Friedrich Wilhelms IV. heiratete 1817 den russischen Thronfolger Großfürst Nikolaus und war ab 1825 als Alexandra Feodorowna Zarin von Rußland.

2 Es ist nicht sicher, ob Friedrich Wilhelm hier auf einen tatsächlich gegebenen Sachverhalt anspielt. Zwar waren bereits seit einiger Zeit im Kreise der königlichen Familie Pläne zur möglichen Verehelichung des Kronprinzen erwogen worden – so 1814 die Verbindung mit einer englischen Prinzessin. Seine spätere Gemahlin Elisabeth, Prinzessin von Bayern, mit der er sich 1823 in einer echten Liebesheirat verbinden sollte, lernte er jedoch erst im Juli 1819 kennen.

3 Familiäre Bezeichnung für das Geschwisterpaar Friedrich, Prinz von Preußen (1794–1863, »Cousin«) und Friederike, Prinzessin von Preußen, spätere Herzogin von Anhalt-Dessau (»Friko« bzw. »Filzis«). Beide waren Kinder des ältesten Bruders König Friedrich Wilhelms III., des Prinzen Ludwig (1773–1796) und der Prinzessin Friederike von Preußen, geb. Prinzessin von Mecklenburg-Strelitz, Schwester der Königin Luise, spätere Prinzessin von Solms-Braunfels, dann Herzogin von Cumberland und (seit 1837) Königin von Hannover (1778–1841).

4 Friedrich Wilhelm hatte als preußischer Thronfolger am 31. März/1. April 1814 an der Seite seines Vaters die antinapoleonischen Koalitionstruppen bei ihrem Einzug in Paris begleitet.

5 Hans Philipp August von Luck (1775–1859), späterer preußischer General der Infanterie, war während der Feldzüge von 1813/14 zunächst militärischer Begleiter, dann Flügeladjutant des Kronprinzen.

6 Friedrich Wilhelm III. (1770–1840), seit 1797 König von Preußen.

7 Kammerdiener des Kronprinzen.

8 Johann Peter Friedrich Ancillon (1767–1837), Publizist, Staatsmann, späterer preußischer Außenminister und seit 5. Juli 1810 offizieller Erzieher des Kronprinzen; vgl. ausführlich die Monographie von Paul Haake: Johann Peter Friedrich Ancillon und Kronprinz Friedrich Wilhelm IV. von Preußen. München/Berlin 1920.

9 Die apokryphen Thomas-Akten (3. Jahrhundert) berichten von einer missionierenden Tätigkeit des Apostels Thomas im südindischen Raum während des 1. Jahrhunderts. Exakte Beweise für eine derartige kirchenstiftende Wirksamkeit des Apostels gibt es bisher jedoch nicht.

10 Die französische Hauptstadt galt dem preußischen Thronfolger seit seinem erst-
maligen Besuch im April 1814 als Inbegriff einer von Leichtsinn, Genußsucht
und Unmoral geprägten Lebensatmosphäre. Dieser Einschätzung verlieh die von
Friedrich Wilhelm damals stereotyp verwendete Bezeichnung von Paris als »Sün-
den-Pfuhl« plastischen Ausdruck; vgl. Herman Granier (Hrsg.): Hohenzollernbriefe aus den Freiheitskriegen 1813–1815. Leipzig 1913, z.b. S. 140, 212, 227f.,
233, 255, 302f., 314.

11 Roch, Rock oder Rok ist die Bezeichnung für einen Riesenvogel in persischen und
arabischen Märchen.

12 Bediensteter des Kronprinzen.

13 Wilhelm, Prinz von Preußen (1783–1851), Bruder König Friedrich Wilhelms III.
und jüngster Vateronkel des Kronprinzen.

14 Die »Geschichten von Tausendundeiner Nacht« zählten zu der damals bevorzugten Lektüre des Kronprinzen. Eine »Liste des livres dont il-y-a plus d'un exem-
plaire dans la bibliothèque de son Altesse Royale Monseigneur le Prince de Prusse«
aus dem Jahr 1828 (Geheimes Staatsarchiv Preußischer Kulturbesitz, Brandenburg-Preußisches Hausarchiv Berlin-Dahlem, Repositur 50 F.2 Nr. 8, Bl. 3–4v)
nennt als Doubletten unter anderem Schillers Gedichte, »Paul et Virginie« von
Bernardin de Saint-Pierre, eine Sammlung der Sagen und Legenden Fouqués sowie die Erzählungen von Tausendundeiner Nacht.

15 Friedrich Wilhelm hatte im Rahmen seiner sprachlichen Ausbildung unter anderem auch Sanskrit gelernt und beherrschte diese Sprache, wenngleich unvoll-
kommen, im Schriftlichen.

16 Gemeint ist Friedrich Wilhelm III.

17 Bezugnahme auf die Oper »Armida« von Christoph Willibald Gluck (urauf-
geführt 1777 in Paris), über deren Eindruck der Kronprinz in einer Tagebuch-
eintragung vom 22. Juli 1813 berichtet: »Mir war zu Muthe, als zöge ich in einen
Kreutzzug, zu dem ich am Grabe der Mutter die Weihe empfangen; noch tön-
ten mir begeisternd die Klänge der Armide nach, und meine romantische Stimmung ward durch Lesung des Zauberrings von la Motte Fouqué vermehrt«;
Herman Granier (Hrsg.): Das Feldzugstagebuch des Kronprinzen Friedrich Wilhelm von Preußen aus dem Jahre 1813. In: Hohenzollern-Jahrbuch 17 (1913),
S. 100.

18 Kosename für Friedrich Wilhelms Schwester Charlotte, die Briefempfängerin.

19 Friedrich Wilhelms IV. Frankreichbild, durch die kriegerischen Aktionen Napoleons ohnehin deutlich negativ akzentuiert, verfestigte sich in den Jahren der
Befreiungskriege zu einem regelrechten Gebäude von Vorurteilen, die sich nicht
nur auf die politische »Unzuverlässigkeit« der Franzosen bezogen, sondern sich zu
einer heftigen und ständig wachsenden Ablehnung des vermeintlich dekadenten
und sittenlosen französischen Volkscharakters steigerten; dazu eingehend Frank-

Lothar Kroll: Friedrich Wilhelm IV. und das Staatsdenken der deutschen Romantik. Berlin 1990, S. 160–166.

20 In seiner Korrespondenz mit dem Prinzen, späteren König Johann von Sachsen, der seit den 1830er Jahren als Dante-Forscher bzw. Dante-Übersetzer hervortrat, finden sich zahlreiche Bezugnahmen auf das Hauptwerk des italienischen Frührenaissance-Dichters; vgl. Johann Georg Herzog zu Sachsen und Hubert Ermisch (Hrsg.): Briefwechsel zwischen König Johann von Sachsen und den Königen Friedrich Wilhelm IV. und Wilhelm I. von Preußen. Leipzig 1911.

21 Gemeint ist das Schauspiel »Sakuntala« (»Vögelchen«) des berühmtesten der klassischen Dichter Indiens, Kalidasa (5. Jahrhundert). Das Stück war 1789 von William Jones ins Englische übersetzt und 1791 von Georg Forster aus dem Englischen ins Deutsche übertragen worden. Es fand – versehen mit einer Vorrede Johann Gottfried Herders zur zweiten Auflage (1803) – enthusiastische Aufnahme in Deutschland und regte das Schaffen vieler Autoren der deutschen Romantik nachdrücklich an. Auch »Die Königin von Borneo« ist bis in manche Einzelheiten der Sprach-, Motiv- und Namenswahl von Kalidasas Drama beeinflußt.

Editorische Notiz

Die Wiedergabe des Textes erfolgt in wortgetreuer Transkrip-
tion der Originalhandschrift, welche im Geheimen Staatsarchiv
Preußischer Kulturbesitz, Berlin-Dahlem, aufbewahrt wird (Brandenburg-Preußisches Hausarchiv, Repositur 50 J, Nr. 1210:
Briefe Friedrich Wilhelms IV. an seine Schwester Charlotte, Vol. I,
Blatt 2–55). Offensichtliche, den Sinnzusammenhang entstel-
lende Schreibfehler wurden richtiggestellt, wobei jedoch die
ursprüngliche Lesart in den Textanmerkungen (*) festgehalten
wurde. Die zahlreich auftretenden Eigentümlichkeiten der kronprinzlichen Schreibweise sind belassen worden. Korrekturen im
Sinne von Vereinheitlichungen erfolgten lediglich dann, wenn
mehrere Varianten desselben Wortes bzw. Namens auftraten
(z.B. wohl – wol). Die von Friedrich Wilhelm willkürlich ge-
handhabte Interpunktion wurde auf behutsame Weise moder-
nen Standards angepaßt, ohne daß dies jeweils eigens vermerkt
ist. Gleiches gilt für die Verwendung der direkten Rede sowie
für die Modalitäten der Groß- und Klein-, bzw. der Zusammen-
und Auseinanderschreibung (z.B. nachtMahl, marmorBecken).
Die von Friedrich Wilhelm häufig verwendeten Abkürzungen
sind durchgängig aufgelöst (z.B. Magle. = Magdalene). Zahlen
bzw. Ziffern erscheinen stets ausgeschrieben. Unterstreichungen
im Originalmanuskript wurden nicht übernommen. Die häufige
und nicht immer sinnentsprechende Unterbrechung des Textes
mittels Absätzen, welche in der Handschrift durch Längsstriche
markiert sind, wurde hingegen beibehalten. Hinzufügungen des

Herausgebers, die einem besseren Textverständnis dienen sollen, sind durch eckige Klammern ([ ]) markiert. Kapiteleinteilungen (I. bis IX.) und Kapitelüberschriften stammen vom Herausgeber. Unleserliche Stellen erscheinen als […].

Der Kommentar bietet Erläuterungen, die für ein angemessenes Sinnverstehen des Handlungsverlaufs notwendig erscheinen. Er beschränkt sich auf knappe historische bzw. biographische Sachinformationen und verweist nur in Ausnahmefällen auf weiterführende Sekundärliteratur.

Die dem Band beigegebenen Illustrationen (Feder- bzw. Bleistiftzeichnungen unterschiedlichen Formats) stammen sämtlich von der Hand Friedrich Wilhelms IV. und werden hier, von wenigen Ausnahmen abgesehen, erstmals veröffentlicht. Die Originale befinden sich in der Plankammer des Neuen Palais, Potsdam-Sanssouci (Mappe IX, Umschlag C, Nr. 1–25: Illustrationen zur Novelle »Königin von Borneo«). Ihr exaktes Entstehungsdatum ist nicht mit letzter Sicherheit zu ermitteln, dürfte aber weitgehend mit der Entstehungszeit des Romanfragments (1. September 1816 bis 11. Juni 1817) zusammenfallen. Die Abbildungsunterschriften stammen vom Herausgeber.

Frank-Lothar Kroll

Friedrich Wilhelm IV. als Dichter

Über das Romanfragment »Die Königin von Borneo«

Friedrich Wilhelm IV., dessen Person seit längerer Zeit ein ver-
stärktes Interesse in- und ausländischer Historiker auf sich gezogen hat,[1] gehört unbestritten zu den künstlerisch bedeutend-
sten Herrschergestalten der preußisch-deutschen Geschichte.
Sein diesbezügliches Engagement richtete sich dabei nicht bloß
auf die verschiedenen Gattungen der Bildenden Kunst. Auch
das literarische Leben der Zeit wurde von ihm stets aufmerksam
und anteilnehmend begleitet. Während die kulturwissenschaft-
liche Forschung besonders den architektonischen bzw. land-
schaftsgärtnerischen Aktivitäten des Monarchen bisher breiten
Raum widmete,[2] sind seine Kontakte zur zeitgenössischen Literatur noch nicht zusammenhängend analysiert worden.[3]
   Dieser negative Befund gilt auch mit Blick auf die eigenen
literarischen Versuche des Kronprinzen, deren Existenz zwar bekannt, deren Bedeutung für die Geistes- und Charakterent-
wicklung des werdenden Thronfolgers den meisten Beobachtern
jedoch weitgehend entgangen ist. Als zentrale Zeugnisse der fa-
cettenreichen Wesensart Friedrich Wilhelms IV. erschließen sie
sich freilich nur dann, wenn man sie – vor dem Hintergrund der
Persönlichkeitsstruktur des Kronprinzen – in den biographischen,
literarischen und geistesgeschichtlichen Horizont der Zeit ein-
ordnet.

I

Die beiden Zeitströmungen, die den preußischen Thronfolger
seit etwa 1810 maßgeblich beeinflußten – Romantik und Erweckungsbewegung – prägten sowohl Gedankenwelt als auch
Sprache und Stil des Kronprinzen. Art und Umfang seiner damals bevorzugten Lektüre lassen sich an Hand der erhalten ge-
bliebenen Korrespondenz gut rekonstruieren. Der Kronprinz war
ein eifriger Leser von Werken, die literaturgeschichtlich der Romantik bzw. der präromantischen Epoche, der »Empfindsamkeit«, zuzurechnen sind. Ihnen allen gemeinsam ist das Vor-
herrschen einer stark gefühlsbetonten, gegen die Dominanz des
Verstandes und der Vernunft gerichteten Grundstimmung sowie
die Vorliebe für einen märchenhaft-phantastischen, von Traum-
bildern und Zauberwelten durchsetzten Handlungsverlauf.

Eine besondere Vorliebe hatte Friedrich Wilhelm IV. für
den Roman »Paul et Virginie« von Jacques-Henri Bernardin de
Saint-Pierre (erschienen 1788) – eine seinerzeit weit verbreitete
Liebeserzählung, die sich, angesiedelt in exotisch-subtropischer
Umgebung, durch stimmungsvolle Landschaftsschilderungen
und durch ein religiös geprägtes Naturgefühl auszeichnete.[4]
Fast ebensohäufig wie diesen Roman erwähnte Friedrich Wilhelm IV. in seiner frühen Korrespondenz die Lektüre der »Geschichten von Tausendundeiner Nacht«.[5] Bewandert zeigte er
sich daneben in Macphersons »Ossian«-Dichtungen (»Fragments
of Ancient Poetry«, 1760; »Fingal«, 1762; »Temora«, 1763)[6]
und in den Geschichts-Epen Sir Walter Scotts.[7] Von den zeitgenössischen deutschen Autoren prägten den Kronprinzen in
erster Linie die Dichter der Früh- und Hochromantik, und sie

waren es auch, denen er sich in seinem literarischen Geschmack zeitlebens am engsten verbunden fühlte: Ludwig Tieck[8], den er nach seiner Thronbesteigung im Sommer 1840 als Hofrat und königlichen Vorleser nach Berlin bzw. Potsdam berief[9]; Friedrich de la Motte Fouqué, den man als eigentlichen Lieblingsdichter Friedrich Wilhelms IV. bezeichnen kann,[10] und der auch in weltanschaulich-politischer Hinsicht einen starken Einfluß auf den Kronprinzen ausübte[11]; schließlich Bettina von Arnim, die den König zwischen 1840 und 1848 in umfangreichen Briefen, Büchern und Denkschriften für ihre eigenen, zwischen »politischer Romantik« und »Jungem Deutschland« vermittelnden Ziele und Ideale zu gewinnen suchte.[12] Mit all den genannten Autoren, aber auch mit Adalbert von Chamisso, Joseph von Eichendorff oder Eduard Mörike, führte Friedrich Wilhelm IV. eine zum Teil rege Korrespondenz, und selbst seinem romantischen Literaturgeschmack wie seiner politischen Weltsicht gleichermaßen fernstehende Schriftsteller wie Heinrich Heine oder Ferdinand Freiligrath pflegten mit ihm eine wenn auch kritisch-distanzierte, so doch immerhin von wechselseitiger Achtung bestimmte Verbindung.

Neben der literarischen Romantik wurde die Stimmungs- und Gefühlslage des Kronprinzen maßgeblich von der neopietistisch gestimmten Erweckungsbewegung der frühen 1820er Jahre geprägt. Von ihr ließ sich damals eine relativ große Zahl junger preußischer Adliger mitreißen, die dann später als enge Berater Friedrich Wilhelms IV. wirken und während seiner Regierungszeit wichtige politische Positionen bekleiden sollten.[13] Die Korrespondenz des Kronprinzen aus der Zeit um 1815, also jenen Jahren, in denen sich seine »literarische Sozialisation« vollzog, war erfüllt von religiösen Erlebnissen, deren verinnerlichtes Frömmigkeitsideal – subjektive Gotteserfahrung, Kraft des persönlichen Gebets, individuelles Streben nach Heil und Erlösung – ein exaktes Spiegelbild neopietistischen Denkens bot.[14] Zugleich vermischten sich derart religiös-christliche Stimmungen auf höchst charakteristische Weise mit »vaterländisch«-nationalen Motiven und patriotischen Empfindungen, wie dies für die Dichtung der Befreiungskriege vielfach typisch gewesen ist und sich – als Lebensgefühl der »Generation von 1813/15« – in verwandten Formen auch etwa bei Theodor Körner, Max von Schenkendorf, Ernst Moritz Arndt, Friedrich Ludwig Jahn oder Fouqué findet.[15]

Wenn man in diesem geistesgeschichtlichen Bezugsrahmen von Friedrich Wilhelm IV. als »Dichter«, wenn man von seiner »literarischen« Produktion spricht, so darf dies nicht dahingehend mißverstanden werden, als ob sich der Monarch zeitlebens kontinuierlich der Schriftstellerei gewidmet und hier etwa ein reichhaltiges, unerschlossenes, von der Nachwelt neu zu entdeckendes Ouevre hinterlassen habe. Zum einen war der Zeitraum, innerhalb dessen Friedrich Wilhelm IV. auf literarischem Feld in größerem Umfang dilettierte, relativ eng begrenzt. Er umfaßte im wesentlichen jene bereits in Augenschein genommenen Jahre zwischen 1813 und 1820, in denen der Thronfolger seine entscheidenden Bildungseinflüsse erfuhr; dies war ein Alter, in dem viele Heranwachsende eine besondere Offenheit gegenüber poetischen Unternehmungen zeigen. Zum anderen ist der Umfang dessen, was man im Rahmen der schriftlichen Hinterlassenschaft Friedrich Wilhelms IV. der Rubrik »Dichtung« zuordnen kann, nicht übermäßig groß: einige Ge-

legenheitsgedichte, die in Stil und Motivwahl deutlich an Novalis' Poesie der »Blauen Blume« anknüpfen[16]; einige in Briefen
an seine Geschwister und seinen Erzieher Ancillon eingeschlos-
sene Landschaftsschilderungen und Stimmungsbilder von allerdings teilweise hohem poetischen Reiz[17]; einige Gebete und
geistliche Lieder, die von Friedrich Wilhelms IV. Gemahlin, der
Königinwitwe Elisabeth, nach dem Tod ihres Mannes in Buch-
form herausgegeben wurden[18]; und schließlich, an erster Stelle,
das Romanfragment »Die Königin von Borneo«.

II

Das früher in Merseburg, jetzt in den Berliner Beständen des
Geheimen Staatsarchivs Preußischer Kulturbesitz verwahrte,
nach 108 engbeschriebenen Seiten unvollendet abbrechende Romanfragment aus kronprinzlicher Feder – begonnen »im göttlichen Sans-Souci« am 1. September 1816 und abgeschlossen am
24. März 1817 – ist eingebettet in einen umfangreichen Brief an
seine Schwester Charlotte. Es gehört also formal im weiteren
Sinne zur literarischen Gattung des Briefromans. Inhaltlich handelt es sich um eine Liebeserzählung; der Kronprinz selbst be-
zeichnet sie als »Schwank«[19]. Der genaue Titel des in Ich-Form
geschriebenen Werkes lautet »Die Geschichte von Prinz Feridoun mit der Königin von Borneo« – wobei »Feridoun« ein Sy-
nonym für Friedrich Wilhelm IV. ist: Geschildert wird in einer
von zahlreichen Nebenepisoden umrahmten Handlung die Liebesbeziehung zwischen einer indonesischen Fürstentochter und
dem preußischen Thronfolger.

Die im folgenden dargebotene Beschäftigung mit der kronprinzlichen Erzählung geschieht in drei aufeinander bezogenen Schritten. Zunächst (1) werden wesentliche Züge des Inhalts der Erzählung referiert, weil Art und Charakter der Handlungsführung entscheidende Aspekte der Geisteshaltung und Gemütsverfassung Friedrich Wilhelms IV. in jenen Jahren offenbaren. Dann (2) wird in einem weiteren Schritt die im engeren Sinne literaturwissenschaftliche bzw. geistesgeschichtliche Zuordnung – oder besser: Verortung – des Romanfragments vollzogen, die Einbindung des kronprinzlichen Werkes in die vorherrschenden literarischen Tendenzen der Zeit. Schließlich soll in einem letzten Teil (3) der Stellenwert der kronprinzlichen Erzählung in ihrer Bedeutung für die Persönlichkeitsentwicklung Friedrich Wilhelms IV. umrissen werden.

(1) Die Handlung des Romanfragments beginnt mit dem Einzug der alliierten Siegertruppen in Paris 1814. Unter ihnen befindet sich der preußische Thronfolger. Dieser wird im Gedränge von einer geheimnisvollen Frau angesprochen, die sich wenig später Einlaß in sein Quartier zu verschaffen weiß, um ihm dort ihr Anliegen vorzutragen. Als Abgesandte des Königshofes von Borneo ist sie nach Europa gekommen, um dort einen preußischen Prinzen als Taufzeugen für den zum Christentum übergetretenen König von Borneo zu gewinnen – das Motiv christlicher Erweckung und Mission, Bekehrung und Frömmigkeit durchzieht die gesamte Erzählung. Der König hatte während einer Jagdpartie in den Bergen seines Reiches eine christliche Gemeinde entdeckt – Überreste der angeblich vom Apostel Thomas gestifteten frühen indischen Kirche.[20] »Auf dem wildesten und höchsten Rücken, … unfern der Schnee-

grenze, weit über den Wolken«, befand sich die Jagdgesellschaft, da vernahm sie »aus fernem Thale Glockengeläute«. Der König, der sich als ein auf der Jagd Verirrter ausgab, wurde »mit dem Liebeseifer der ersten Kirche aufgenommen und gepflegt«.[21] Dies gewann ihn für die christliche Lehre.

Friedrich Wilhelm, von seinem Lehrer und Erzieher Ancillon zur Vorsicht gemahnt, schwankt, ob er das an ihn ergehende Taufzeugen-Angebot für den zur Konversion entschlossenen Königshof von Borneo annehmen soll. Erst als Magdalene, die orientalische Sendbotin, dem Kronprinzen ein Medaillonbild der Tochter des Königs offeriert, wird Friedrich Wilhelm zumute, als habe er »eine Bouteille Champagner gelehret«; »das sanfte aber gewaltige Feuer der großen schwarzen Augen, in deren Spiegel sich zwei Welten malen«,[22] entflammt seine Seele. Friedrich Wilhelm ist bereit, die Herausforderung anzunehmen.

Auf detaillierte Weise werden nun die formalen Vorkehrungen zu der geplanten Unternehmung beschrieben. Schauplatz: eine Jagd im Wald von St. Germain. Verkäufer mit Erfrischungen drängen sich heran, darunter auch Magdalene. Als Friedrich Wilhelm sie erblickt, fingiert er eine Ohnmacht, damit sein Adjutant bei ihr unauffällig ätherische Öle kaufen kann. Beide bringen den sich krank Stellenden von der Jagdgesellschaft fort in eine Hütte am Rand des Waldes, und hier zieht Magdalene ein Stück Papier hervor – die Verpflichtung zur Taufpatenschaft am Hofe von Borneo. Sie übersetzt den Text aus dem Sanskrit, und der Taufpate unterschreibt: »Friedrich Wilhelm, Fürst im Heiligen Reich, Erbe in Preußen, Markgraf zu Brandenburg, Graf von Hohenzollern«.[23]

Nachdem Friedrich Wilhelm von Magdalene sachgerecht für die Reise eingekleidet worden ist – Tunika, Turban, orientalisch ornamentierte Halbstiefel –, erscheinen aus einem Gebüsch zwei schwanenartige Zaubervögel, schneeweiß, mit purpurnen Flügeln und rosigen Schwanzfedern. Auf dem Rücken tragen diese Riesenvögel kleine Polster mit Lehnen und dicken indischen Tüchern. Eine seidene Schnur in einem Ring um den Hals dient als Zügel. Friedrich Wilhelm besteigt eines der beiden Reittiere, Magdalene zieht eine Flöte hervor und bläst. Die Vögel lauschen, erheben sich, Luftströme gehen durch ihr Gefieder – als Friedrich Wilhelm von seinem Sitz herabblickt, steht sein Adjutant bereits zehn Meter unter ihm und winkt ihm nach.

Der Kronprinz verzichtet darauf, Bilder von den überflogenen Erdlandschaften zu entwerfen. Es geht »durch die äußerlichen Räume des Äthers«[24], in denen es bitterkalt ist, so daß Friedrich Wilhelm und seine Begleiterin meist in »halber Existenz«[25], stumpf aber wohlig, dahindämmern. Nach vier Tagen finden die Vögel auf Brieftaubenart ihr Ziel, den heimischen Stall in Borneo, ohne jedes menschliche Zutun.

In leuchtenden Farben wird dann die Insel selbst geschildert: nicht als jämmerliches Dorf aus Bambushütten, als welches sie auf den zeitgenössischen europäischen Welt- bzw. Panoramakarten gemeinhin verzeichnet war, sondern als eine von Gold und Marmor geradezu überbordende Stadt, deren Existenz von den Bewohnern den Europäern bewußt verheimlicht wird. In der Nacht nach der Ankunft, hat Friedrich Wilhelm noch einen Traum, dessen Schilderung im Manuskript der Erzählung einigen Raum einnimmt. Der Kronprinz wird in Dantes

»Irdisches Paradies« versetzt, ja er selbst ist Dante, dem »seine«
Beatrice erscheint und ihm seine Sünden vorhält: seinen Man-
gel an Selbstzucht, seinen Eigensinn, seine Verspieltheit. Tiefe
Zerknirschung ergreift ihn, er gelobt unter Tränen endgültige
Besserung, Beatrice verkündet ihm Erlösung und Eingang ins
himmlische Paradies – da wacht er auf.

Als er am Morgen die Tochter des Königs von Borneo erblickt, erkennt er seine Traum-Beatrice, nur daß die Wirklichkeit das Traumbild an Schönheit noch übertrifft. Die Königstochter steht inmitten von Pfauen und Fasanen, denen sie mit
anmutiger Gebärde Futter zuwirft. Bald nähern sich Schwärme
von Paradiesvögeln, Myriaden von Kolibris – das Bild einer
Prinzessin aus Tausendundeiner Nacht.

Am Tag der Taufe versammeln sich alle Fürsten der Insel,
um dem König zu huldigen. Dies bietet willkommenen Anlaß
zur eindringlichen Schilderung farbenprächtiger Aufzüge, prunk-
voller Paläste und exotischer Landschaften. Wie in einem zünf-
tigen Abenteurroman folgt dann in einem äußerst verschach-
telten Handlungsverlauf noch eine dramatische Zuspitzung der
Situation: Der »Böse« unter den Fürsten verschwört sich mit
den entmachteten heidnischen Hohepriestern gegen den christ-
lich gewordenen König. Doch die Rebellion wird niedergewor-
fen. Die Empörer, zuvor störrisch und verstockt, werden durch
die Gnade und Großmut des Siegers so gerührt, daß sie von sich
aus die Taufe begehren.

Es ist unschwer ersichtlich, daß der Handlungsführung all-
mählich die erforderliche Spannkraft verloren geht. Das Haupt-
motiv – die Liebesbeziehung des preußischen Kronprinzen zur
Thronerbin von Borneo – wird ständig aufs Neue überwuchert,

der innere Vorgang durch äußere Begleitumstände verunklärt und verdeckt. Zwar entflammt auch die Fürstentochter ihrerseits in Liebe zu ihrem Taufzeugen. Aber der maßgebliche Konflikt in Friedrich Wilhelm, d.h. die Beantwortung der Frage, wie er sich entscheidet, als ihm bewußt wird, daß er seine Pflicht als zukünftiger König von Preußen zu vernachlässigen beginnt – dieser Konflikt gelangt nicht mehr zum Austrag. Mit dem an seine Briefpartnerin Charlotte ergehenden Vorwurf, daß sie dem Berichteten keinen Glauben schenke[26], bricht die Erzählung ab.

(2) Dieser an die Adresse seiner Schwester gerichtete Vorwurf verweist bereits auf einen ersten entscheidenden Aspekt für eine literaturwissenschaftliche Einordnung der kronprinzlichen Darstellung: ihre Eigenart, die Illusion vermitteln zu wollen, als handle es sich bei dem Erzählten um einen schlichten Tatsachenbericht. Nicht das freie Spiel dichterischer Einbildungskraft, sondern wirklich Geschehenes, wahrhaft Erlebtes bildet den Ausgangs- und Mittelpunkt der geschilderten Handlung. Der Leser – bzw. Friedrich Wilhelms Schwester Charlotte, die primäre Adressatin der Brieferzählung – soll, wie der Kronprinz nicht müde wird zu betonen, das Berichtete »glauben«.[27] Durch dieses konsequent durchgehaltene Verfahren einer »Vortäuschung von Realität« ergeben sich jene merkwürdigen, oftmals geradezu skurril wirkenden Szenen, in denen beispielsweise Johann Peter Friedrich Ancillon (1767–1837), Publizist, Staatsmann, späterer preußischer Außenminister und seit dem 5. Juli 1810 offizieller Erzieher des Kronprinzen, in unmittelbarer Nähe der beiden Zaubervögel aus Borneo agiert, oder Szenen, die Friedrich Wilhelms tatsächlich amtierenden Kammerdiener, den preußischen General und kronprinzlichen Flügeladjutanten Hans

Philipp August von Luck (1775–1859) als Vermittler zwischen Magdalene, der königlichen Sendbotin aus Borneo, und dem Kronprinzen von Preußen aktiv werden lassen.

Unzweifelhaft ist diese ständige Verwischung der Grenzen zwischen Realität und Fiktion ein literarisches Stilmittel, das sich in ähnlicher Form auch in vielen Erzählungen Fouqués, Friedrich Wilhelms IV. Lieblingsdichter, – und nicht nur dort – findet. Doch wird man fragen dürfen, ob darüber hinaus die permanent überhitzte Einbildungskraft des Kronprinzen, gerade in den Jahren zwischen 1815 und 1820, den preußischen Thronfolger nicht auch tatsächlich zu einer – zumindest zeitweiligen – Ineinssetzung von »Dichtung« und »Wahrheit« gelangen, d. h. ihn die reale Umwelt und das selbstgeschaffene Phantasiereich partiell als eine Einheit empfinden ließ. Ein markantes Beispiel dafür, wie stark für den Kronprinzen in jenen Jahren dichterische Fiktion und preußische Lebenswirklichkeit nahtlos ineinanderglitten, erhellt ein beinahe schon kurioser Zwischenfall aus der Zeit des Befreiungskampfes gegen Napoleon.[28] Als Friedrich Wilhelm IV. während des Feldzugs von 1813 an einer Schwadron der Brandenburger Kürassiere vorbeiritt, rief er den Soldaten zu: »Wo ist Heerdegen von Lichtenried?« Auf die verwirrte Frage: »Wen meint Eure Königliche Hoheit?« erläutert er: »Nun, den mit der Schramme auf der Stirn, Fouqué!« – Fouqué hatte bei einem Kavallerieeinsatz eine leichte Verwundung zwischen den Augenbrauen erlitten. Das brachte den Kronprinzen auf den für ihn selbstverständlichen Vergleich mit jenem Ritter Herdeegen von Lichtenried aus Fouqués Roman »Der Zauberring«, dem durch einen Zweikampf eine ganz ähnliche Wunde wie dem Dichter selbst zugefügt worden war.[29]

Mit dem durchgängigen Strukturmerkmal einer »Poetisie-rung der Lebenswirklichkeit« verbindet sich ein weiteres Kenn-zeichen, das die kronprinzliche Erzählung in mehr als einer Hinsicht an jene literarische Zeitströmung heranrückt, deren prägende Rolle für die geistig-politische Entwicklung des preu-ßischen Thronfolgers außer Frage steht und die auch seinen dichterischen Bemühungen ihre atmosphärische Grundierung verleiht: die Romantik.

Friedrich Schlegel hat in seiner bekannten Definition des romantischen Romans als dessen Charakteristikum »die chao-tische Form«[30] bzw. die »schöne Verwirrung der Fantasie«[31] namhaft gemacht, d. h. jene arabeskenhaft-verwilderte, von Irrationalismen durchsetzte Darstellungsweise, in der das Gesetz absoluter Willkür und Inkonsequenz, das freie Schalten der Phantasie und des Zufalls herrschen und überdies ein grund-sätzlich fragmentarischer Charakter als bewußt gewähltes, den ästhetischen Wert von Literatur überhaupt erst begründendes Strukturprinzip erscheint. Für Ludwig Tieck gehörte es in die-sem Sinne zu jeder »ächt« romantischen Novelle, daß sie »bizarr, eigensinnig, phantastisch, leicht witzig, geschwätzig und sich ganz in Darstellung« auch von Nebensachen verlierend«[32] sei. Schelling hat diese Sicht Schlegels und Tiecks dann definito-risch präzisiert und auf den Punkt gebracht: »An und für sich«, so Schelling, »gleicht der romantisch-epische Stoff einem wild verwachsenen Wald voll eigenthümlicher Gestalten, einem La-byrinth, in dem es keinen Leitfaden gibt als den Muthwillen und die Laune des Dichters«.[33] Nicht nur Schlegel und Tieck, sondern auch alle anderen Dichter der Hochromantik – Novalis ebenso wie Eichendorff oder Achim und Bettina von Arnim –

hatten sich in ihrem praktischen Werkschaffen zumeist an diese Definition gehalten. Und ganz in ihrer Nachfolge steht, jedenfalls in dieser Hinsicht, das in der »Königin von Borneo« angewendete Kompositionsverfahren. An vielen Stellen kommt die für die Dichtung der Romantik konstitutive Neigung zum Ausdruck, den einfachen Verlauf der Erzählung durch zahlreiche Abschweifungen, Unterbrechungen und verwickelte Nebenhandlungen anzureichern bzw. zu verwirren – ein Verfahren, das häufig bis an die Grenze der Form- und Gestaltlosigkeit, ja der Unverständlichkeit reicht, und das Friedrich Wilhelm IV. noch in den 1840er Jahren ein so ausgesprochen amorphes Gebilde wie Bettina von Arnims 1843 erschienenes »Königsbuch« enthusiastisch begrüßen ließ.[34]

In der »Königin von Borneo« verweist schon die Vielfalt der Schauplätze, die von Paris bis in den tropischen Urwald, nach Indonesien und Malaysia reicht, auf eine »romantisch« überhitzte Wunderwelt, in der Realität und Fiktion sich wechselseitig durchdringen und schließlich unterschiedslos ineinander verschwimmen. Exotische Blumenwolken, duftende Rosen- und Orangenhaine, Engelschöre, Brahmanenzauberer, indische Pagoden, Königspaläste und Terrassenanlagen, goldglänzende Pfauen, farbenprächtige Schmetterlinge und Paradiesvögel – das ganze Spektrum romantischer Märchenerzählungen ist in der Bildersprache des kronprinzlichen Fragments vertreten. Bis in die Einzelheiten spezieller Motivkombinationen wirkten hier die den Exotismus – und damit eine ferne, nicht greifbare, der Gegenwart traumhaft entrückte Wirklichkeit – kultivierenden Kunstmärchen der Romantiker nach.[35] Einflüsse entsprechender Art gingen beispielsweise aus von Tiecks phantastisch-grellem »Abdallah«

(1795), einem Buch, das der Kronprinz nachweislich mit großer Begeisterung gelesen hat[36], oder von Achim von Arnims im »orientalischen« Milieu angesiedelter Erzählung »Isabella von Ägypten« (1812), oder auch von Friedrich de la Motte Fouqués »Zauberring« (1813).

Romantische Exaltiertheit, im übrigen gepaart mit einer nicht sehr tiefgehenden, eher versatzstückhaft und schematisch anmutenden Zeichnung der Charaktere,[37] kennzeichnet nicht zuletzt die Lebenszusammenhänge der handelnden Hauptpersonen. Das Maß an Verworrenheit erreicht oftmals einen kaum mehr zu übertreffenden Höhengrad. Magdalene beispielsweise, die Sendbotin des Königshofes von Borneo, ist »von deutschem Vater und italienischer Mutter aus der bayreuther Gegend gebürtig«[38] – ganz wie viele Heldinnen und Helden in Fouqués »Zauberring«. Im Jahre 1806 wurde sie »als Waise nach Livorno, ihrer Mutter Stadt schiffend, von den Corsaren von Tripoli [gefangen]genommen … und nach Suez verkauft … an die Frau eines Armeniers«.[39] Dieser Armenier hat sie dann in Mekka günstig weiterveräußert, nämlich an den Kämmerer des Königs Russang-Gehun von Borneo, der sich in Mekka aufhielt, um für seines Königs neunjährige Tochter »eine Gespielin, womöglich aus Europa, zu verschaffen, die genügend sey, spielend und tändelnd, in ernsten Erzählungen und allerley Liedern ihrerseits auf die Bildung der jungen Fürstinn zu wirken«.[40]

Auch die zahlreichen Schilderungen landschaftlicher Schönheiten und Situationsbilder – oftmals durch die dann für Friedrich Wilhelms spätere Zeichnungen so charakteristische Einbeziehung architektonischer Motive geprägt – folgen der neuen, verinnerlichten Einstellung, mit der die Romantiker, allen voran wiederum Tieck und Eichendorff, der Kategorie »Natur« begegneten. Spätestens seit Tiecks frühen Erzählungen und Novellen, also etwa seit 1795/97, stand nicht mehr das Bemühen um eine möglichst »objektive« Wahrnehmung der Natur, sondern der Gedanke ihrer bewußt subjektiven »Beseelung« durch den Menschen im Mittelpunkt romantischen Erlebens. Erst dadurch – so die Konzeption der Romantiker –, daß der schöpferische Geist des Menschen seine eigenen Empfindungen in die ihn umgebende Landschaft »einfühlte«, erhielt diese Landschaft Sinn und Bedeutung. »Natur« wurde so zum Spiegelbild individueller Seelenzustände. Sie erschien als Ausdrucksträger für persönliche Stimmungen, als Projektion dessen, was das »Ich« des Betrachters seiner »Welt« zusprach. Von dieser typisch romantisch-idealistischen Denkhaltung, die sich, in der Nachfolge Fichtes, bei Novalis und Schlegel, bei Philipp Otto Runge, Caspar David Friedrich und Joseph Anton Koch wiederfindet,[41] ist auch das Romanfragment Friedrich Wilhelms IV. vielfältig geprägt: »Die Luft war eisig und schneidend, wir schwebten hoch über den Wolken, und nur hie und da am Horizont erblickten wir das Meer … Die untern Wolken glühten nun plötzlich in einer unaussprechlichen … Goldfarbe, und zugleich erhob sich ein sanfter warmer Wind … das goldne Meer unter uns begann zu wogen und zu weben«.[42] Unter der formenden Einwirkung einer leidenschaftlich bewegten Gemütsverfassung verwandeln sich für Friedrich Wilhelm IV. »eisig schneidende Luft« in »sanften warmen Wind«, düstere Gewitterwolken in »unaussprechliche« Himmelserscheinungen, brausende Meereswogen in goldglänzende Seidengewebe. Es ist stets derselbe Vorgang: eine Neuschöpfung der Welt aus dem Geist romantischer Subjektivität.

Befragt man schließlich die Sprache und den Stil des kronprinzlichen Romanfragments nach ihren Eigentümlichkeiten, so wird man auch hier einen von romantischer Emphase beherrschten Duktus vermerken können, der gelegentlich durch einen Ton salopper Selbstironie angereichert wird. Bezeichnend ist dabei vor allem die poetische Verarbeitung emotionaler Erschütterungen, welche Friedrich Wilhelm IV. dem Helden seiner Erzählung – also sich selbst – in reicher Zahl zuteil werden läßt. Es finden sich hier beredte Zeugnisse jener an Leidenschaft und ungezügelter Subjektivität geradezu überbordenden Empfindungsfülle, die noch in der Korrespondenz des späteren Königs ihre Spuren hinterlassen und dort, unmittelbar dem Bereich des Politischen zugeordnet, so viel Befremden und Unverständnis hervorgerufen hat. Besonders markant für diese Stimmungslage erscheint jene Stelle innerhalb des Romans, an der die beiden sich liebenden Königskinder einander zum ersten Mal begegnen: »Wir gingen eben die große Treppe hinauf, die zur vorletzten Terraße führt, als das abermalige Glockengeläut uns das Ende der Morgenandacht verkündete. Schon leuchteten die rothen und goldnen Zimmer des Pallastes über das dicke Gebüsch der oberen Terraße herüber. Mir schlug das Herz so gewaltsam, denn mein Traum hatte mich so unglücklich exaltirt, daß ich ernstlich mit dem Schauer, einer himmlischen Erscheinung entgegenzugehen, ging … Ich hielt mich soviel als möglich hinter den größten Blättern der Schirmgewächse … als … die Wunderherrliche, die Göttlichschöne selbst heraustrat, im langen weißen Gewand, noch beschäftigt, ihre langen seidnen Locken … mit der fürstlichen Binde zu umwinden … Sie war in Gedanken bis an das porphyrene Baßin inmitten der Laubgewölbe gekommen, als sie fertig war, und aufblickend … neigte sich die Holde mit göttlicher Anmuth gegen mich … Wie ward mir, als ich in ihre großen schwartzen Augen blickte? Wirklich der Abglanz beyder Welten! … als ich deutlich ihre Engelstimme vernahm, die zu mir sprach … Es war um mich Armen geschehen. Dieser Augenblick entzündete meine Seele – wohl für diese ganze Zeitlichkeit. Ich glühte wie eine Kohle, hatte eine tiefe Kniebeugung gemacht und nichts andres meinem sturmbewegten Gemüthe abpressen können als ›Amen‹.«[43]

(3) Dieser schwärmerisch-exaltierte bzw. enthusiasmierte Gesamtgestus – Symptom einer emotional permanent überhitzten Gemütsverfassung – führt bereits an jene dritte, nur noch knapp zu berührende Ebene der Betrachtung heran, die in Friedrich Wilhelms IV. Romanfragment weniger den Gegenstand tiefschürfender literaturwissenschaftlicher oder geistesgeschichtlicher Analysen erblickt als vielmehr ein authentisches Zeugnis seiner individuellen Persönlichkeitsentwicklung, ein singuläres Dokument seiner Lebensgeschichte, seiner geistigen Existenz.

Vieles von dem, was dieser Lebensgeschichte und dieser Existenz ihre für die Nachwelt so schillernde, oftmals bizarr wirkende und auf jeden Fall problematische Prägung verleihen sollte, klingt in dem frühen Romanfragment des Einundzwanzigjährigen bereits an: die Bildhaftigkeit seines Denkens; die wesensmäßig auf Poesie und Gefühl ausgerichtete Haltung seines Geistes; sein Eskapismus; die fatale Neigung, »Dichtung« und »Wahrheit«, d. h. romanhaft gezeichnete Idealzustände einerseits und das tatsächlich gegebene Staatsleben andererseits zu austauschbaren Größen geraten zu lassen und jene in dieses hineinzuprojizieren. Alle diese Gesichtspunkte sind nicht allein vorübergehende Momente einer jugendlich bewegten Phase seiner Biographie. Sie sind zugleich auch bestimmende Voraussetzungen seines späteren Handelns als politisch verantwortlicher Regent des preußischen Staates. Insofern erweist sich »Die Königin von Borneo« als eine veritable Quelle zum Verständnis der komplexen Persönlichkeit des vielleicht merkwürdigsten Hohenzollernkönigs: eine kleine Facette nur, ein marginales Streiflicht – nicht mehr, aber auch nicht weniger.

1 Vgl. die zuletzt erschienenen Monographien von Walter Bußmann: Zwischen Preußen und Deutschland. Friedrich Wilhelm IV. Eine Biographie. Berlin 1990; Frank-Lothar Kroll: Friedrich Wilhelm IV. und das Staatsdenken der deutschen Romantik. Berlin 1990; Dirk Blasius: Friedrich Wilhelm IV. 1795–1861. Psychopathologie und Geschichte. Göttingen 1992; David E. Barclay: Anarchie und guter Wille. Friedrich Wilhelm IV. und die preußische Monarchie. Berlin 1995.

2 Unverzichtbar noch immer die grundlegende Studie von Ludwig Dehio: Friedrich Wilhelm IV. von Preußen. Ein Baukünstler der Romantik. München/Berlin 1961; ältere und neuere Literatur ist verzeichnet bei Frank-Lothar Kroll: Friedrich Wilhelm IV. und Potsdam. In: Peter-Michael Hahn, Kristina Hübener, Julius H. Schoeps (Hrsg.): Potsdam. Märkische Kleinstadt – europäische Residenz. Reminiszenzen einer eintausendjährigen Geschichte. Berlin 1995, S. 221–236.

3 Vgl. die Fallstudien von Bernhard Linz: Mörike und Friedrich Wilhelm IV. Mit ungedruckten Briefen des Dichters an den König und dessen Antworten. In: Deutsche Rundschau 220 (1929), S. 232–237; Gerd-H. Zuchold: »Und ein talentvoller König wird vergebens deklamieren!« Friedrich Wilhelm IV. in der Sicht Heinrich Heines. In: Jahrbuch Preußischer Kulturbesitz 24 (1987), S. 403–416.

4 »Das ist doch ein göttliches Buch; ich bin ganz weg davon, und verfolge alle Orte die darin genannt sind, auf einer Carte von Isle de France«; Friedrich Wilhelm IV. an Ancillon, 17. Juli 1816; Geheimes Staatsarchiv der Stiftung Preußischer Kulturbesitz, Brandenburg-Preußisches Hausarchiv (im folgenden abgekürzt als GStAPK/BPH), Rep. 50 J Nr. 33, Bl. 177; weitere Erwähnungen ebd., Bl. 175 v (16. Juli 1816), Bl. 183 (20. Juli 1816); Rep. 50 J Nr. 1210, Vol. I, Bl. 57 (an Charlotte, 14. Juni 1817); Rep. 50 J Nr. 995, Fasz. 10, Bl. 55 (an Elisabeth, 1. September 1832). Zur literaturgeschichtlichen Einordnung vgl. Gerhard Hess: Bemerkungen zu »Paul et Virginie«. In: Zeitschrift für französische Sprache 64

(1940/42), S. 313–320; Jean Fabre: Une question de terminologie littéraire: »Paul et Virginie«, pastorale (1953). Wiederabgedruckt in: Ders.: Lumières et romantisme. Paris 1963, S. 167–199.

5 Vgl. GStAPK/BPH, Rep. 50 J Nr. 330, Bl. 42 v, 43 (an Delbrück 14. April 1810), Bl. 51 (7. Mai 1810), Bl. 81 (22. Dezember 1810), Bl. 93 v (7. März 1811); Rep. 50 J Nr. 1210, Vol. I, Bl. 12 v, 38 (an Charlotte, 1. September 1816).

6 Vgl. Paul Haake: Johann Peter Friedrich Ancillon und Kronprinz Friedrich Wilhelm IV. von Preußen. München/Berlin 1920, S. 35.

7 Vgl. GStAPK/BPH, Rep. 50 J Nr. 995, Fasz. 5, Bl. 21 v (an Elisabeth, 16. Juni 1827); Rep. 50 J Nr. 1006, Vol. II, Bl. 178 (an Friedrich Wilhelm III., 12. Juli 1823) über den soeben erschienenen Scott-Roman »Quentin Durward«, »eine vortreffliche Schilderung des Hofes Ludwigs XI. von Frankreich«. Für den literaturgeschichtlichen Zusammenhang vgl. Karl Wenger: Historische Romane deutscher Romantiker. Untersuchungen über den Einfluß Walter Scotts. Bern 1905, S. 23–54.

8 »Zwischendurch verschlang der Kronprinz ein kleines Buch: Abdallah«, eine Erzählung aus Tiecks Frühzeit (erschienen Berlin 1795); Georg Schuster (Hrsg.): Die Jugend des Königs Friedrich Wilhelm IV. von Preußen und des Kaisers und Königs Wilhelm I. Tagebuchblätter ihres Erziehers Friedrich Delbrück (1800 bis 1809). Berlin 1907, Bd. 2, S. 435.

9 Vgl. Rudolf Köpke (Hrsg.): Ludwig Tieck. Erinnerungen aus dem Leben des Dichters nach dessen mündlichen und schriftlichen Mittheilungen. Leipzig 1855, Bd. 2, S. 103–111; Leopold Hermann Fischer: Ludwig Tieck am Hofe Friedrich Wilhelms IV. In: Ders.: Aus Berlins Vergangenheit. Gesammelte Aufsätze zur Kultur- und Litteraturgeschichte Berlins. Berlin 1891, S. 107–141.

10 Trotz der anderes behauptenden Studie von Ernst Kaeber: Henriette Paalzow, die Lieblingsschriftstellerin Friedrich Wilhelms IV. In: Jahrbuch für die Geschichte Mittel- und Ostdeutschlands 5 (1956), S. 251–271.

11 Darüber eingehend F.-L. Kroll (wie Anm. 1), S. 46–53. Auf die Bedeutung Fouqués für Friedrich Wilhelm IV. hatte erstmals dezidiert hingewiesen Arno Schmidt: Fouqué und einige seiner Zeitgenossen. Biographischer Versuch. Karlsruhe 1958, S. 395.

12 Darüber eingehend F.-L. Kroll (wie Anm. 1), S. 53–61. Vgl. ferner Ludwig Geiger (Hrsg.): Bettine von Arnim und Friedrich Wilhelm IV. Ungedruckte Briefe und Aktenstücke. Frankfurt am Main 1902; ferner Martha Strinz: Bettinas Beziehungen zu Friedrich Wilhelm IV. In: Die Frau 10 (1902/03), S. 673–683. Neuerdings auch die Detailstudie von Ursula Püschel: Bettina von Arnims September-briefe an Friedrich Wilhelm IV. aus dem Jahr 1848. In: Heinz Härtl und Hartwig Schultz (Hrsg.): Die Erfahrung anderer Länder. Beiträge eines Wiepersdorfer Kolloquiums zu Achim und Bettina von Arnim. Berlin/New York 1994, S. 313 bis 353.

13 Darüber zusammenfassend D. E. Barclay (wie Anm. 1), S. 63 ff. Zur Bedeutung der Erweckungsbewegung vgl. in diesem Zusammenhang Walter Wendland: Studien zur Erweckungsbewegung in Berlin (1810–1830). In: Jahrbuch für Brandenburgische Kirchengeschichte 19 (1924), S. 5–77; Otto Graf zu Stolberg-Wernigerode: Anton Graf zu Stolberg-Wernigerode. Ein Freund und Ratgeber König Friedrich Wilhelms IV. München/Berlin 1926, S. 11–15; Hermann Witte: Die pommerschen Konservativen. Männer und Ideen 1810–1860. Berlin/Leipzig 1936, S. 18–25; Friedrich Wilhelm Kantzenbach: Die Erweckungsbewegung. Studien zur Geschichte ihrer Entstehung und ersten Ausbreitung in Deutschland. Neuendettelsau 1957, S. 9–26, 82–133; Erich Beyreuther: Die Erweckungsbewegung. Göttingen 1963, S. 33 f.

14 Zur religiösen Grundhaltung Friedrich Wilhelms IV. noch immer grundlegend die Studie von Ewald Schaper: Die geistespolitischen Voraussetzungen der Kirchenpolitik Friedrich Wilhelms IV. von Preußen. Stuttgart 1938; ferner Hanns Christof Brennecke: Eine heilige apostolische Kirche. Das Programm Friedrich Wilhelms IV. von Preußen zur Reform der Kirche. In: Berliner Theologische Zeitschrift 4 (1987), S. 231–251.

15 Zur religiösen Gestimmtheit des deutschen Nationalgefühls während und unmittelbar nach der Zeit der Befreiungskriege vgl. Gotthard Kunze: Die religiöse und nationale Volksstimmung in Preußen während der Freiheitskriege 1813–1815. Ev. Theol. Diss. Breslau/Oppeln 1940, S. 28–36.

16 Vgl. GStAPK/BPH, Rep. 50 K 4, Nr. 5 (Eigenhändige Gedichte Friedrich Wilhelms IV.).

17 Vgl. vor allem die Briefwechsel Friedrich Wilhelms IV. mit Ancillon (GStAPK/BPH, Rep. 50 J Nr. 33), mit Friedrich Wilhelm III. (ebd., Rep. 50 J Nr. 1006) und mit Charlotte (ebd., Rep. 50 J Nr. 1209 und 1210); ferner Herman Granier (Hrsg.): Hohenzollernbriefe aus den Freiheitskriegen 1813–1815. Leipzig 1913, sowie ders. (Hrsg.): Prinzenbriefe aus den Freiheitskriegen 1813–1815. Briefwechsel des Kronprinzen Friedrich Wilhelm IV. und des Prinzen Wilhelm I. von Preußen mit dem Prinzen Friedrich von Oranien. Stuttgart/Berlin 1922.

18 Vgl. Friedrich Wilhelm's IV., weil. König, Abendmahls-Gebete. Berlin 1891.

19 GStAPK/BPH, Rep. 50 J Nr. 1210, Vol. I, Bl. 2.

20 Die apokryphen Thomas-Akten (3. Jahrhundert) berichten von einer missionierenden Tätigkeit des Apostels Thomas im südindischen Raum während des 1. Jahrhunderts. Sichere Beweise für eine derartige Wirksamkeit gibt es bisher jedoch nicht.

21 GStAPK/BPH, Rep. 50 J Nr. 1210, Vol. I, Bl. 6,6 v. Von allen Biographen widmet allein Ernst Lewalter: Friedrich Wilhelm IV. Das Schicksal eines Geistes. Hamburg 1938, S. 157–166, dem Romanentwurf des Kronprinzen eine eingehendere Inhaltsanalyse. Ihr verdankt auch die folgende Darstellung wesentliche Anregungen.

22 GStAPK/BPH, Rep. 50 J Nr. 1210, Vol. I, Bl. 9 v.

23 Ebd., Bl. 13.

24 Ebd., Bl. 16 v.

25 Ebd., Bl. 16.

26 Vgl. ebd., Bl. 53. Bei diesem lapidaren Abschluß des kronprinzlichen Romanfragments handelt es sich freilich nicht um jene prinzipiell »offene« Form des Roman- bzw. Novellen-Endes, welche für die Literaturtheorie der Romantik ein immer wieder diskutiertes Modell zur Bewältigung der in ihrer Fülle letztlich unausschöpfbaren Lebenstotalität gewesen ist; vgl. Marianne Schuller: Romanschlüsse in der Romantik. Zum frühromantischen Problem von Universalität und Fragment. München 1974; ferner zum Grundsätzlichen Manfred Frank: Das »fragmentarische Universum« der Romantik. In: Lucien Dällenbach und Christiaan L. Hart Nibbrig (Hrsg.): Fragment und Totalität. Frankfurt am Main 1984, S. 212–224, sowie neuerdings Eberhard Ostermann: Das Fragment. Geschichte einer ästhetischen Idee. München 1991.

27 Vgl. GStAPK/BPH, Rep. 50 J Nr. 1210, Vol. I, Bl. 2.

28 Vgl. Friedrich de la Motte Fouqué: Ausgewählte Werke. Ausgabe letzter Hand. Halle 1841, Bd. 12, S. 130.

29 Vgl. Friedrich de la Motte Fouqué: Der Zauberring. Ein Ritterroman. Nach dem Erstdruck mit Anmerkungen, Zeittafel, Bibliographie und Nachwort hrsg. von Gerhard Schulz. München 1984, S. 63.

30 Friedrich Schlegel: Literarische Notizen: 1797–1801. Hrsg., eingeleitet und kommentiert von Hans Eichner. Frankfurt am Main 1980, S. 1804.

31 Friedrich Schlegel: Brief über den Roman (1800). Wiederabgedruckt in: Dieter Kimpel und Conrad Wiedemann (Hrsg.): Theorie und Technik des Romans im 17. und 18. Jahrhundert, Bd. II: Spätaufklärung, Klassik und Frühromantik. Tübingen 1970, S. 107 f.

32 Ludwig Tieck: Schriften, Bd. XI. Berlin 1829, S. LXXXVI f.

33 Friedrich Wilhelm Joseph Schelling: Philosophie der Kunst (1809). Wiederabgedruckt in: D. Kimpel und C. Wiedemann (wie Anm. 31), S. 123 f.

34 Bettine von Arnim: Dies Buch gehört dem König, 2 Bde. Berlin 1843. Bettina hatte ein Exemplar des Buches mit einem Begleitschreiben an Friedrich Wilhelm IV. geschickt; vgl. L. Geiger (wie Anm. 12), S. 40 ff. Über dessen Reaktionen liegen widersprüchliche Nachrichten vor. Nach Alexander von Humboldt (vgl. Karl August Varnhagen von Ense: Tagebücher, Bd. 2. 2. Aufl. Leipzig/Hamburg 1863, S. 205 f.) hat er in dem Buch nur geblättert, nicht gelesen, sondern erklärt, er wisse damit nichts anzufangen. Ganz anderes berichtete hingegen Bettina selbst. Der König habe ihr nach eingehender Lektüre des Buches einen emphatischen Brief geschrieben, in welchem er sie »die Rebengeländer Entsproßne, Sonnengetaufte« nannte (ebd., S. 209).

35 Für den Zusammenhang vgl. Friedmar Apel: Die Zaubergärten der Phantasie. Zur Theorie und Geschichte des Kunstmärchens. Heidelberg 1978.

36 Vgl. Anm. 8.

37 Dies gilt im übrigen auch für die Selbstcharakterisierung des Kronprinzen. Sie ist weit entfernt von jenen symbolisch überhöhten Erkundungen und Bespiegelungen des eigenen Innern, durch die sich die meisten Charaktere in den Romanen, Erzählungen und Novellen der Früh- und Hochromantik auszeichnen.

38 GStAPK/BPH, Rep. 50 J Nr. 1210, Vol. I, Bl. 4.

39 Ebd.

40 Ebd.

41 Zum Neuartigen der romantischen Naturauffassung vgl. neben den allgemein gehaltenen Bemerkungen bei Hermann August Korff: Geist der Goethezeit. Versuch einer ideellen Entwicklung der klassisch-romantischen Literaturgeschichte, Bd. 3: Romantik. 2. Aufl. Leipzig 1949, S. 499–502, vor allem Siegmar Schultze: Die Entwicklung des Naturgefühls in der deutschen Literatur des 19. Jahrhunderts, Bd. 1: Das romantische Naturgefühl. Halle 1907, S. 2 ff., 62 ff., 128 ff., 150 ff.; ferner Paul van Tieghem: Le sentiment de la nature dans le Préromantisme Européen. Paris 1960, S. 155 ff., 174 ff., sowie neuerdings Ernst Behler: Natur und Kunst in der frühromantischen Theorie des Schönen. In: Athenäum. Jahrbuch für Romantik 2 (1992), S. 7–32.

42 GStAPK/BPH, Rep. 50 J Nr. 1210, Vol. I, Bl. 20 v, 21 v, 22.

43 Ebd., Bl. 29 v-32.

Literaturverzeichnis

I. Archivalische Quellen

1. Geheimes Staatsarchiv der Stiftung Preußischer Kulturbesitz, Brandenburg-Preu-
ßisches Hausarchiv in Berlin-Dahlem
Repositur 50 F 2 (Nachlaß Friedrich Wilhelms IV.):
Nr. 8 (Acta, betr. die Bibliothek des Kronprinzen)
Repositur 50 J (Korrespondenz Friedrich Wilhelms IV.):
Nr. 33 (mit Ancillon), Nr. 330 (mit Delbrück), Nr. 995 (mit Elisabeth),
Nr. 1006 (mit Friedrich Wilhelm III.), Nr. 1209 und 1210 (mit Charlotte)
Repositur 50 K 4 (Nachlaß Friedrich Wilhelm IV.):
Nr. 5 (eigenhändige Gedichte)
2. Neues Palais, Plankammer in Potsdam-Sanssouci
Mappe IX, Umschlag C Nr. 1–25 (Illustrationen zur Novelle »Königin von
Borneo«)

II. Gedruckte Quellen

Arnim, Bettine von: Dies Buch gehört dem König. 2 Bde. Berlin 1843.
Bettine von Arnim und Friedrich Wilhelm IV. Ungedruckte Briefe und Aktenstücke.
Hrsg. und erläutert von Ludwig Geiger. Frankfurt am Main 1902.
Briefwechsel zwischen König Johann von Sachsen und den Königen Friedrich Wil-
helm IV. und Wilhelm I. von Preußen. Hrsg. von Johann Georg Herzog zu Sachsen
unter Mitwirkung von Hubert Ermisch. Leipzig 1911.
Die Jugend des Königs Friedrich Wilhelm IV. von Preußen und des Kaisers und Kö-
nigs Wilhelm I. Tagebuchblätter ihres Erziehers Friedrich Delbrück (1800 bis
1809). Mitgeteilt von Georg Schuster. 3 Bde. Berlin 1907.
Das Feldzugstagebuch des Kronprinzen Friedrich Wilhelm von Preußen aus dem
Jahre 1813. Mitgeteilt von Herman Granier. In: Hohenzollern-Jahrbuch 17 (1913),
S. 96–104.
Fouqué, Friedrich de la Motte: Ausgewählte Werke. Ausgabe letzter Hand. Bd. 12.
Halle 1841.
Fouqué, Friedrich de la Motte: Der Zauberring. Ein Ritterroman. Nach dem Erst-
druck mit Anmerkungen, Zeittafel, Bibliographie und Nachwort hrsg. von Ger-
hard Schulz. München 1984.

Friedrich Wilhelm's IV., weil. König, Abendmahls-Gebete. Berlin 1891.

Hohenzollernbriefe aus den Freiheitskriegen 1813–1815. Hrsg. von Herman Granier. Leipzig 1913.

Prinzenbriefe aus den Freiheitskriegen 1813–1815. Briefwechsel des Kronprinzen Friedrich Wilhelm IV. und des Prinzen Wilhelm I. von Preußen mit dem Prinzen Friedrich von Oranien. Mitgeteilt von Herman Granier. Stuttgart/Berlin 1922.

Schelling, Friedrich Wilhelm Joseph: Philosophie der Kunst (1809). Wiederabgedruckt in: Dieter Kimpel und Conrad Wiedemann (Hrsg.): Theorie und Technik des Romans im 17. und 18. Jahrhundert. Bd. II: Spätaufklärung, Klassik und Frühromantik. Tübingen 1970.

Schlegel, Friedrich: Literarische Notizen: 1797–1801. Hrsg., eingeleitet und kommentiert von Hans Eichner. Frankfurt am Main 1980.

Schlegel, Friedrich: Brief über den Roman (1800). Wiederabgedruckt in: Dieter Kimpel und Conrad Wiedemann (Hrsg.): Theorie und Technik des Romans im 17. und 18. Jahrhundert. Bd. II: Spätaufklärung, Klassik und Frühromantik. Tübingen 1970.

Tieck, Ludwig : Schriften. Bd. XI. Berlin 1829.

Tieck, Ludwig: Erinnerungen aus dem Leben des Dichters nach dessen mündlichen und schriftlichen Mitteilungen. Aufgezeichnet von Rudolf Köpke. 2 Bde. Leipzig 1855.

Varnhagen von Ense, Karl August: Tagebücher. Bd. 2. 2. Aufl. Leipzig/Hamburg 1863.

Vom Leben am preußischen Hofe 1815–1852. Aufzeichnungen von Karoline von Rochow und Marie de la Motte Fouqué. Hrsg. von Luise von der Marwitz. Berlin 1908.

III. Sekundärliteratur

Apel, Friedmar: Die Zaubergärten der Phantasie. Zur Theorie und Geschichte des Kunstmärchens. Heidelberg 1978.

Barclay, David E.: König, Königtum, Hof und preußische Gesellschaft in der Zeit Friedrich Wilhelms IV. In: Otto Büsch (Hrsg.): Friedrich Wilhelm IV. in seiner Zeit. Beiträge eines Colloquiums. Berlin 1987, S. 1–21.

Barclay, David E.: Ritual, Ceremonial, and the »Invention« of a Monarchical Tradition in Nineteenth-Century Prussia. In: Heinz Duchhardt (Hrsg.): European Monarchy: Its Evolution and Practice from Roman Antiquity to Modern Times. Stuttgart 1992, S. 207–220.

Barclay, David E.: Anarchie und guter Wille. Friedrich Wilhelm IV. und die preußische Monarchie. Berlin 1995.

Behler, Ernst: Natur und Kunst in der frühromantischen Theorie des Schönen. In: Athenäum. Jahrbuch für Romantik 2 (1992), S. 7–32.

Beyreuther, Erich: Die Erweckungsbewegung. Göttingen 1963.

Blasius, Dirk: Friedrich Wilhelm IV. 1795–1861. Psychopathologie und Geschichte. Göttingen 1992.

Blasius, Dirk: Grundfragen einer historischen Biographie: Zur Gestalt Friedrich Wilhelms IV. In: Forschungen zur brandenburgischen und preußischen Geschichte N. F. 2 (1992), S. 163–178.

Blasius, Dirk: Friedrich Wilhelm IV. Politik und Krankheit im Reaktionsjahrzehnt. In: Frank-Lothar Kroll (Hrsg.): Neue Wege der Ideengeschichte. Festschrift für Kurt Kluxen zum 85. Geburtstag. Paderborn/München/Wien/Zürich 1996, S. 347–359.

Borries, Kurt: Friedrich Wilhelm IV. In: Neue Deutsche Biographie 5 (1961), Sp. 563–566.

Brennecke, Hanns Christof: Eine heilige apostolische Kirche. Das Programm Friedrich Wilhelms IV. von Preußen zur Reform der Kirche. In: Berliner Theologische Zeitschrift 4 (1987), S. 231–251.

Bußmann, Walter: Zwischen Preußen und Deutschland. Friedrich Wilhelm IV. Eine Biographie. Berlin 1990.

Dehio, Ludwig: Friedrich Wilhelm IV. von Preußen. Ein Baukünstler der Romantik. München/Berlin 1961.

Ermisch, Hubert: König Johann und König Friedrich Wilhelm IV. In: Neues Archiv für Sächsische Geschichte und Altertumskunde 32 (1911), S. 89–135.

Fabre, Jean: Une question de terminologie littéraire: »Paul et Virginie«, pastorale (1953). Wiederabgedruckt in: Ders.: Lumières et romantisme. Paris 1963, S. 167–199.

Fischer, Leopold Hermann: Ludwig Tieck am Hofe Friedrich Wilhelms IV. In: Ders.: Aus Berlins Vergangenheit. Gesammelte Aufsätze zur Kultur- und Litteraturgeschichte Berlins. Berlin 1891, S. 107–141.

Frank, Manfred: Das »fragmentarische Universum« der Romantik. In: Lucien Dällenbach und Christiaan L. Hart Nibbrig (Hrsg.): Fragment und Totalität. Frankfurt am Main 1984, S. 212–224.

Haake, Paul: Johann Peter Friedrich Ancillon und Kronprinz Friedrich Wilhelm IV. von Preußen. München/Berlin 1920.

Hess, Gerhard: Bemerkungen zu »Paul et Virginie«. In: Zeitschrift für französische Sprache 64 (1940/42), S. 313–320.

Jolles, Mathys: Das deutsche Nationalbewußtsein im Zeitalter Napoleons. Frankfurt am Main 1936.

Kaeber, Ernst: Henriette Paalzow, die Lieblingsschriftstellerin Friedrich Wilhelms IV. In: Jahrbuch für die Geschichte Mittel- und Ostdeutschlands 5 (1956), S. 251–271.

Kantzenbach, Friedrich Wilhelm: Die Erweckungsbewegung. Studien zur Geschichte ihrer Entstehung und ersten Ausbreitung in Deutschland. Neuendettelsau 1957.

Kettig, Konrad: Friedrich Wilhelms IV. Stellung zu Frankreich bis zur Errichtung des Zweiten französischen Kaiserreiches (2. Dezember 1852). Phil. Diss. Berlin 1937.

Korff, Hermann August: Geist der Goethezeit. Versuch einer ideellen Entwicklung der klassisch-romantischen Literaturgeschichte. Bd. 3: Romantik. 2. Aufl. Leipzig 1949.

Kroll, Frank-Lothar: Politische Romantik und romantische Politik bei Friedrich Wilhelm IV. In: Otto Büsch (Hrsg.): Friedrich Wilhelm IV. in seiner Zeit. Beiträge eines Colloquiums. Berlin 1987, S. 94–106.

Kroll, Frank-Lothar: Friedrich Wilhelm IV. und das Staatsdenken der deutschen Romantik. Berlin 1990.

Kroll, Frank-Lothar: Bismarck und Friedrich Wilhelm IV. In: Jost Dülffer, Bernd Martin und Günter Wollstein (Hrsg.): Deutschland in Europa. Kontinuität und Bruch. Gedenkschrift für Andreas Hillgruber. Frankfurt am Main/Berlin 1990, S. 205–228.

Kroll, Frank-Lothar: »Bürgerkönig« oder »König von Gottes Gnaden«? Franz Krügers Porträt Friedrich Wilhelms IV. als Spiegelbild zeitgenössischer Herrscherauffassungen. In: Helmut Altrichter (Hrsg.): Bilder erzählen Geschichte. Freiburg i.Br. 1995, S. 211–222.

Kroll, Frank-Lothar: Friedrich Wilhelm IV. und Potsdam. In: Peter-Michael Hahn, Kristina Hübener und Julius H. Schoeps (Hrsg.): Potsdam. Märkische Kleinstadt – europäische Residenz. Reminiszenzen einer eintausendjährigen Geschichte. Berlin 1995, S. 221–236.

Kroll, Frank-Lothar: »Es gibt Dinge, die man nur als König weiss«. Herrschaftsverständnis und Regierungspraxis Friedrich Wilhelms IV. In: Friedrich Wilhelm IV. Künstler und König. Zum 200. Geburtstag. Ausstellung vom 8. Juli bis 3. September 1995, Neue Orangerie im Park von Sanssouci. Hrsg. von der Stiftung Preußische Schlösser und Gärten Berlin-Brandenburg. Frankfurt am Main 1995, S. 28–34.

Kunze, Gotthard: Die religiöse und nationale Volksstimmung in Preußen während der Freiheitskriege 1813–1815. Ev. theol. Diss. Breslau/Oppeln 1940.

Lewalter, Ernst: Friedrich Wilhelm IV. Das Schicksal eines Geistes. Hamburg 1938.

Linz, Bernhard: Mörike und Friedrich Wilhelm IV. Mit ungedruckten Briefen des Dichters an den König und dessen Antworten. In: Deutsche Rundschau 220 (1929), S. 232–237.

Martin, Alfred von: Das Wesen der romantischen Religiosität. In: Deutsche Vierteljahrsschrift für Literaturwissenschaft und Geistesgeschichte 2 (1924), S. 367–417.

Meinecke, Friedrich: Vaterländische und religiöse Erhebung am Anfang des 19. Jahrhunderts (1900). Wiederabgedruckt in: Ders.: Brandenburg, Preußen, Deutschland. Kleine Schriften zur Geschichte und Politik. Hrsg. von Eberhard Kessel (= Friedrich Meinecke: Werke. Bd. 9). Stuttgart 1979, S. 211–241.

Meinecke, Friedrich: Friedrich Wilhelm IV. und Deutschland (1902). Wiederabgedruckt in: Ders.: Preußen und Deutschland im 19. und 20. Jahrhundert. Historische und politische Aufsätze. München/Berlin 1918, S. 206–247.

Melhausen, Joachim: Friedrich Wilhelm IV. Ein Laientheologe auf dem preußischen Königsthron. In: Henning Schröer und Gerhard Müller (Hrsg.): Vom Amt des Laien in Kirche und Theologie. Festschrift für Gerhard Krause zum 70. Geburtstag. Berlin/New York 1982, S. 185–214.

Ostermann, Eberhard: Das Fragment. Geschichte einer ästhetischen Idee. München 1991.

Petersdorff, Herman von: König Friedrich Wilhelm der Vierte. Stuttgart 1900.

Püschel, Ursula: Bettina von Arnims Septemberbriefe an Friedrich Wilhelm IV. aus dem Jahr 1848. In: Heinz Härtl und Hartwig Schultz (Hrsg.): Die Erfahrung anderer Länder. Beiträge eines Wiepersdorfer Kolloquiums zu Achim und Bettina von Arnim. Berlin/New York 1994, S. 313–353.

Ranke, Leopold von: Friedrich Wilhelm IV. König von Preußen (1878). Wiederabgedruckt in: Ders.: Sämtliche Werke. Bd. 51/52. Leipzig 1883, S. 403–474.

Reumont, Alfred von: Aus König Friedrich Wilhelms IV. gesunden und kranken Tagen. Leipzig 1885.

Sauder, Gerhard: Empfindsamkeit. Bd. 1: Voraussetzungen und Elemente. Stuttgart 1974.

Schaper, Ewald: Die geistespolitischen Voraussetzungen der Kirchenpolitik Friedrich Wilhelms IV. von Preußen. Stuttgart 1938.

Schmidt, Arno: Fouqué und einige seiner Zeitgenossen. Biographischer Versuch. Karlsruhe 1958.

Schoeps, Hans-Joachim: Der Erweckungschrist auf dem Thron. Friedrich Wilhelm IV. In: Friedrich Wilhelm Prinz von Preußen (Hrsg.): Preußens Könige. Gütersloh/Wien 1971, S. 159–172.

Schuller, Marianne: Romanschlüsse in der Romantik. Zum frühromantischen Problem von Universalität und Fragment. München 1974.

Schultze, Siegmar: Die Entwicklung des Naturgefühls in der deutschen Literatur des 19. Jahrhunderts. Bd. 1: Das romantische Naturgefühl. Halle 1907.

Seibicke, Christa Elisabeth: Friedrich Baron de la Motte Fouqué. Krise und Verfall der Spätromantik im Spiegel seiner historisierenden Ritterromane. München 1985.

Stolberg-Wernigerode, Otto Graf zu: Anton Graf zu Stolberg-Wernigerode. Ein Freund und Ratgeber König Friedrich Wilhelms IV. München/Berlin 1926.

Strinz, Martha: Bettinas Beziehungen zu Friedrich Wilhelm IV. In: Die Frau 10 (1902/03), S. 673–683.

143

Tieghem, Paul van: Le sentiment de la Nature dans le Prèromantisme Européen. Paris 1960.

Ullmann, Richard und Helene Gotthard: Geschichte des Begriffes »Romantisch« in Deutschland. Vom ersten Aufkommen des Wortes bis ins dritte Jahrzehnt des 19. Jahrhunderts. Leipzig 1927.

Wendland, Walter: Studien zur Erweckungsbewegung in Berlin (1810–1830). In: Jahrbuch für Brandenburgische Kirchengeschichte 19 (1924), S. 5–77.

Wenger, Karl: Historische Romane deutscher Romantiker. Untersuchungen über den Einfluß Walter Scotts. Bern 1905.

Witte, Hermann: Die pommerschen Konservativen. Männer und Ideen 1810–1860. Berlin/Leipzig 1936.

Zuchold, Gerd-H.: Friedrich Wilhelm IV. und die Byzanzrezeption in der preußischen Baukunst. In: Otto Büsch (Hrsg.): Friedrich Wilhelm IV. in seiner Zeit. Beiträge eines Colloquiums. Berlin 1987, S. 205–231.

Zuchold, Gerd-H.: »Und ein talentvoller König wird vergebens deklamieren!« Friedrich Wilhelm IV. in der Sicht Heinrich Heines. In: Jahrbuch Preußischer Kulturbesitz 24 (1987), S. 403–416.